比较文学与世界文学 研究丛书

主编 曹顺庆

三编 第 **14** 册

钱钟书《管锥编》入门（之二）
《楚辞》篇（上）

周 敏 著

花木兰文化事业有限公司

国家图书馆出版品预行编目资料

钱钟书《管锥编》入门（之二）《楚辞》篇（上）／周敏 著——
初版 —— 新北市：花木兰文化事业有限公司，2024〔民 113〕
目 2+132 面；19×26 公分
（比较文学与世界文学研究丛书 三编 第 14 册）
ISBN 978-626-344-813-1（精装）
1.CST：钱钟书 2.CST：管锥编 3.CST：楚辞 4.CST：学术思想
810.8   113009372

ISBN-978-626-344-813-1

比较文学与世界文学研究丛书

三编 第十四册   ISBN：978-626-344-813-1

钱钟书《管锥编》入门（之二）
《楚辞》篇（上）

作 者 周 敏
主 编 曹顺庆
企 划 四川大学双一流学科暨比较文学研究基地
总 编 辑 杜洁祥
副总编辑 杨嘉乐
编辑主任 许郁翎
编 辑 潘玟静、蔡正宣 美术编辑 陈逸婷
出 版 花木兰文化事业有限公司
发 行 人 高小娟
联络地址 台湾 235 新北市中和区中安街七二号十三楼
电话：02-2923-1455 ／ 传真：02-2923-1452
网 址 http://www.huamulan.tw 信箱 service@huamulans.com
印 刷 普罗文化出版广告事业
初 版 2024 年 9 月
定 价 三编 26 册（精装）新台币 70,000 元

钱钟书《管锥编》入门（之二）
《楚辞》篇（上）

周敏 著

作者简介

周敏，1957年出生，安徽铜陵人。独立学者。

爱好文史哲和写作。曾被中国国学学会授予"国学九大名家"；被中国传统文化研究会授予"中国传统文化标杆人物"；被英国皇家艺术研究院聘请为荣誉院士。

从2014年起研究钱学，百度编辑部设专属定制刊载其读钱札记，各家网络纷纷转载，很多篇什被收进《百度文库》、《一点资讯》等，获得一致好评，尤其深受开设钱锺书选修课程的中、高校学子和广大钱学爱好者的欢迎！

提　　要

《管锥编》是钱钟书的扛鼎之作，共四部，由十个分册合集而成，涵盖易经、诗经、楚辞、老子、史记等十大经典，纵贯古今，横扫中西，体大思精，辞采雅丽，是中华传统文化的经典荟萃和集大成者。

然而，《管锥编》用文言写成，繁体字，文字排列不分段落，冷僻字难查难输。书籍内容虽精彩绝伦却读解不易，使得莘莘学子和广大钱学爱好者心向往之，却往往知难却步，不利文化瑰宝的传播和普及。

作者在准确把握钱著的基础上，逐篇梳理，揭示其文化精奥，厘清其逻辑层次，用深入浅出的语言讲解其内涵和要点，并陈述自己的研究心得。每一篇的文后有附录，将钱钟书《管锥编》原著的繁体转化成简体并经过了认真的校核，便于读者学习研究。

本书名为钱钟书《管锥编》入门（之二）《楚辞篇》，是作者对钱钟书《管锥编》第八分册《楚辞洪兴祖补注》的读解札记。

比较文学的中国路径

曹顺庆

自德国作家歌德提出"世界文学"观念以来，比较文学已经走过近二百年。比较文学研究也历经欧洲阶段、美洲阶段而至亚洲阶段，并在每一阶段都形成了独具特色学科理论体系、研究方法、研究范围及研究对象。中国比较文学研究面对东西文明之间不断加深的交流和碰撞现况，立足中国之本，辩证吸纳四方之学，而有了如今欣欣向荣之景象，这套丛书可以说是应运而生。本丛书尝试以开放性、包容性分批出版中国比较文学学者研究成果，以观中国比较文学学术脉络、学术理念、学术话语、学术目标之概貌。

一、百年比较文学争讼之端——比较文学的定义

什么是比较文学？常识告诉我们：比较文学就是文学比较。然而当今中国比较文学教学实际情况却并非完全如此。长期以来，中国学术界对"什么是比较文学？"却一直说不清，道不明。这一最基本的问题，几乎成为学术界纠缠不清、莫衷一是的陷阱，存在着各种不同的看法。其中一些看法严重误导了广大学生！如果不辨析这些严重误导了广大学生的观点，是不负责任、问心有愧的。恰如《文心雕龙·序志》说"岂好辩哉，不得已也"，因此我不得不辩。

其中一个极为容易误导学生的说法，就是"比较文学不是文学比较"。目前，一些教科书郑重其事地指出：比较文学不是文学比较。认为把"比较"与"文学"联系在一起，很容易被人们理解为用比较的方法进行文学研究的意思。并进一步强调，比较文学并不等于文学比较，并非任何运用比较方法来进行的比较研究都是比较文学。这种误导学生的说法几乎成为一个定论，

一个基本常识，其实，这个看法是不完全准确的。

让我们来看看一些具体例证，请注意，我列举的例证，对事不对人，因而不提及具体的人名与书名，请大家理解。在 Y 教授主编的教材中，专门设有一节以"比较文学不是文学比较"为题的内容，其中指出"比较文学界面临的最大的困惑就是把'比较文学'误读为'文学比较'"，在高等院校进行比较文学课程教学时需要重点强调"比较文学不是文学比较"。W 教授主编的教材也称"比较文学不是文学的比较"，因为"不是所有用比较的方法来研究文学现象的都是比较文学"。L 教授在其所著教材专门谈到"比较文学不等于文学比较"，因为，"比较"已经远远超出了一般方法论的意义，而具有了跨国家与民族、跨学科的学科性质，认为将比较文学等同于文学比较是以偏概全的。"J 教授在其主编的教材中指出，"比较文学并不等于文学比较"，并以美国学派雷马克的比较文学定义为根据，论证比较文学的"比较"是有前提的，只有在地域观念上跨越打通国家的界限，在学科领域上跨越打通文学与其他学科的界限，进行的比较研究才是比较文学。在 W 教授主编的教材中，作者认为，"若把比较文学精神看作比较精神的话，就是犯了望文生义的错误，一百余年来，比较文学这个名称是名不副实的。"

从列举的以上教材我们可以看出，首先，它们在当下都仍然坚持"比较文学不是文学比较"这一并不完全符合整个比较文学学科发展事实的观点。如果认为一百余年来，比较文学这个名称是名不副实的，所有的比较文学都不是文学比较，那是大错特错！其次，值得注意的是，这些教材在相关叙述中各自的侧重点还并不相同，存在着不同程度、不同方面的分歧。这样一来，错误的观点下多样的谬误解释，加剧了学习者对比较文学学科性质的错误把握，使得学习者对比较文学的理解愈发困惑，十分不利于比较文学方法论的学习、也不利于比较文学学科的传承和发展。当今中国比较文学教材之所以普遍出现以上强作解释，不完全准确的教科书观点，根本原因还是没有仔细研究比较文学学科不同阶段之史实，甚至是根本不清楚比较文学不同阶段的学科史实的体现。

实际上，早期的比较文学"名"与"实"的确不相符合，这主要是指法国学派的学科理论，但是并不包括以后的美国学派及中国学派的学科理论，如果把所有阶段的学科理论一锅煮，是不妥当的。下面，我们就从比较文学学科发展的史实来论证这个问题。"比较文学不是文学比较""comparative literature is not literary comparison"，只是法国学派提出的比较文学口号，只是法国学派一派的主张，而不是整个比较文学学科的基本特征。我们不能够把这个阶段性的比较文学口号扩大化，甚至让其突破时空，用于描述比较文学所有的阶段和学派，更不能够使其"放之四海而皆准"。

法国学派提出"比较文学不是文学比较"，这个"比较"（comparison）是他们坚决反对的！为什么呢，因为他们要的不是文学"比较"（literary comparison），而是文学"关系"（literary relationship），具体而言，他们主张比较文学是实证的国际文学关系，是不同国家文学的影响关系，influences of different literatures，而不是文学比较。

法国学派为什么要反对"比较"（comparison），这与比较文学第一次危机密切相关。比较文学刚刚在欧洲兴起时，难免泥沙俱下，乱比的情形不断出现，暴露了多种隐患和弊端，于是，其合法性遭到了学者们的质疑：究竟比较文学的科学性何在？意大利著名美学大师克罗齐认为，"比较"（comparison）是各个学科都可以应用的方法，所以，"比较"不能成为独立学科的基石。学术界对于比较文学公然的质疑与挑战，引起了欧洲比较文学学者的震撼，到底比较文学如何"比较"才能够避免"乱比"？如何才是科学的比较？

难能可贵的是，法国学者对于比较文学学科的科学性进行了深刻的的反思和探索，并提出了具体的应对的方法：法国学派采取壮士断臂的方式，砍掉"比较"（comparison），提出比较文学不是文学比较（comparative literature is not literary comparison），或者说砍掉了没有影响关系的平行比较，总结出了只注重文学关系（literary relationship）的影响（influences）研究方法论。法国学派的创建者之一基亚指出，比较文学并不是比较。比较不过是一门名字没取好的学科所运用的一种方法……企图对它的性质下一个严格的定义可能是徒劳的。基亚认为：比较文学不是平行比较，而仅仅是文学关系史。以"文学关系"为比较文学研究的正宗。为什么法国学派要反对比较？或者说为什么法国学派要提出"比较文学不是文学比较"，因为法国学派认为"比较"（comparison）实际上是乱比的根源，或者说"比较"是没有可比性的。正如巴登斯佩哲指出："仅仅对两个不同的对象同时看上一眼就作比较，仅仅靠记忆和印象的拼凑，靠一些主观臆想把可能游移不定的东西扯在一起来找点类似点，这样的比较决不可能产生论证的明晰性"。所以必须抛弃"比较"。只承认基于科学的历史实证主义之上的文学影响关系研究（based on scientificity and positivism and literary influences.）。法国学派的代表学者卡雷指出：比较文学是实证性的关系研究："比较文学是文学史的一个分支：它研究拜伦与普希金、歌德与卡莱尔、瓦尔特·司各特与维尼之间，在属于一种以上文学背景的不同作品、不同构思以及不同作家的生平之间所曾存在过的跨国度的精神交往与实际联系。"正因为法国学者善于独辟蹊径，敢于提出"比较文学不是文学比较"，甚至完全抛弃比较（comparison），以防止"乱比"，才形成了一套建立在"科学"实证性为基础的、以影响关系为特征的"不比较"的比较文学学科理论体系，这终于挡住了克罗齐等人对比较文学"乱比"的批判，形成了以"科学"实证为特征的文学影响关系研究，确立了法国学派的学科理论和一整套方法论体系。当然，法国学派悍然砍掉比较研究，又不放弃"比较文学"这个名称，于是不可避免地出现了比较文学名不副实的尴尬现象，出现了打着比较文学名号，而又不比较的法国学派学科理论，这才是问题的关键。

当然，法国学派提出"比较文学不是文学比较"，只注重实证关系而不注重文学比较和文学审美，必然会引起比较文学的危机。这一危机终于由美国著名比较文学家韦勒克（René Wellek）在 1958 年国际比较文学协会第二次大会上明确揭示出来了。在这届年会上，韦勒克作了题为《比较文学的危机》的挑战性发言，对"不比较"的法国学派进行了猛烈批判，宣告了倡导平行比较和注重文学审美的比较文学美国学派的诞生。韦勒克作了题为《比较文学的危机》的挑战性发言，对当时一统天下的法国学派进行了猛烈批判，宣告了比较文学美国学派的诞生。韦勒克说："我认为，内容和方法之间的人为界线，渊源和影响的机械主义概念，以及尽管是十分慷慨的但仍属文化民族主义的动机，是比较文学研究中持久危机的症状。"韦勒克指出："比较也不能仅仅局限在历史上的事实联系中，正如最近语言学家的经验向文学研究者表明的那样，比较的价值既存在于事实联系的影响研究中，也存在于毫无历史关系的语言现象或类型的平等对比中。"很明显，韦勒克提出了比较文学就是要比较（comparison），就是要恢复巴登斯佩哲所讽刺和抛弃的"找点类似点"的平行比较研究。美国著名比较文学家雷马克（Henry Remak）在他的著名论文《比较文学的定义与功用》中深刻地分析了法国学派为什么放弃"比较"（comparison）的原因和本质。他分析说："法国比较文学否定'纯粹'的比较（comparison），它忠实于十九世纪实证主义学术研究的传统，即实证主义所坚持并热切期望的文学研究的'科学性'。按照这种观点，纯粹的类比不会得出任何结论，尤其是不能得出有更大意义的、系统的、概括性的结论。……既然值得尊重的科学必须致力于因果关系的探索，而比较文学必须具有科学性，因此，比较文学应该研究因果关系，即影响、交流、变更等。"雷马克进一步尖锐地指出，"比较文学"不是"影响文学"。只讲影响不要比的"比较文学"，当然是名不副实的。显然，法国学派抛弃了"比较"（comparison），但是仍然带着一顶"比较文学"的帽子，才造成了比较文学"名"与"实"不相符合，造成比较文学不比较的尴尬，这才是问题的关键。

美国学派最大的贡献，是恢复了被法国学派所抛弃的比较文学应有的本义——"比较"（The American school went back to the original sense of comparative literature ——"comparison"），美国学派提出了标志其学派学科理论体系的平行比较和跨学科比较："比较文学是一国文学与另一国或多国文学的比较，是文学与人类其他表现领域的比较。"显然，自从美国学派倡导比较文学应当比较（comparison）以后，比较文学就不再有名与实不相符合的问题了，我们就不应当再继续笼统地说"比较文学不是文学比较"了，不应当再以"比较文学不是文学比较"来误导学生！更不可以说"一百余年来，比较文学这个名称是名不副实的。"不能够将雷马克的观点也强行解释为"比较文学不是比较"。因为在美国学派看来，比较文学就是要比较（comparison）。比较文学就是要恢复被巴登斯佩哲所讽刺和抛弃的"找点类似点"的平行比较研究。因为平行研究的可比性，正是类同性。正如韦勒克所说，"比较的价值既存在于事实联系的影响研究中，也存在于毫无历史关系的语言现象或类型的平等对比中。"恢复平行比较研究、跨学科研究，形成了以"找点类似点"的平行研究和跨学科研究为特征的比较文学美国学派学科理论和方法论体系。美国学派的学科理论以"类型学"、"比较诗学"、"跨学科比较"为主，并拓展原属于影响研究的"主题学"、"文类学"等领域，大大扩展比较文学研究领域。

二、比较文学的三个阶段

下面，我们从比较文学的三个学科理论阶段，进一步剖析比较文学不同阶段的学科理论特征。现代意义上的比较文学学科发展以"跨越"与"沟通"为目标，形成了类似"层叠"式、"涟漪"式的发展模式，经历了三个重要的学科理论阶段，即：

　　一、欧洲阶段，比较文学的成形期；二、美洲阶段，比较文学的转型期；三、亚洲阶段，比较文学的拓展期。我们将比较文学三个阶段的发展称之为"涟漪式"结构，实际上是揭示了比较文学学科理论的继承与创新的辩证关系：比较文学学科理论的发展，不是以新的理论否定和取代先前的理论，而是层叠式、累进式地形成"涟漪"式的包容性发展模式，逐步积累推进。比较文学学科理论发展呈现为层叠式、"涟漪"式、包容式的发展模式。我们把这个模式描绘如下：

　　法国学派主张比较文学是国际文学关系，是不同国家文学的影响关系。形成学科理论第一圈层：比较文学——影响研究；美国学派主张恢复平行比较，形成学科理论第二圈层：比较文学——影响研究＋平行研究＋跨学科研究；中国学派提出跨文明研究和变异研究，形成学科理论第三圈层：比较文学——影响研究＋平行研究＋跨学科研究＋跨文明研究＋变异研究。这三个圈层并不互相排斥和否定，而是继承和包容。我们将比较文学三个阶段的发展称之为层叠式、"涟漪"式、包容式结构，实际上是揭示了比较文学学科理论的继承与创新的辩证关系。

　　法国学派提出，可比性的第一个立足点是同源性，由关系构成的同源性。同源性主要是针对影响关系研究而言的。法国学派将同源性视作可比性的核心，认为影响研究的可比性是同源性。所谓同源性，指的是通过对不同国家、不同民族和不同语言的文学的文学关系研究，寻求一种有事实联系的同源关系，这种影响的同源关系可以通过直接、具体的材料得以证实。同源性往往建立在一条可追溯关系的三点一线的"影响路线"之上，这条路线由发送者、接受者和传递者三部分构成。如果没有相同的源流，也就不可能有影响关系，也就谈不上可比性，这就是"同源性"。以渊源学、流传学和媒介学作为研究的中心，依靠具体的事实材料在国别文学之间寻求主题、题材、文体、原型、思想渊源等方面的同源影响关系。注重事实性的关联和渊源性的影响，并采用严谨的实证方法，重视对史料的搜集和求证，具有重要的学术价值与学术意义，仍然具有广阔的研究前景。渊源学的例子：杨宪益，《西方十四行诗的渊源》。

　　比较文学学科理论的第二阶段在美洲，第二阶段是比较文学学科理论的转型期。从 20 世纪 60 年代以来，比较文学研究的主要阵地逐渐从法国转向美国，平行研究的可比性是什么？是类同性。类同性是指是没有文学影响关系的不同国家文学所表现出的相似和契合之处。以类同性为基本立足点的平行研究与影响研究一样都是超出国界的文学研究，但它不涉及影响关系研究的放送、流传、媒介等问题。平行研究强调不同国家的作家、作品、文学现象的类同比较，比较结果是总结出于文学作品的美学价值及文学发展具有规律性的东西。其比较必须具有可比性，这个可比性就是类同性。研究文学中类同的：风格、结构、内容、形式、流派、情节、技巧、手法、情调、形象、主题、文类、文学思潮、文学理论、文学规律。例如钱钟书《通感》认为，中国诗文有一种描写手法，古代批评家和修辞学家似乎都没有拈出。宋祁《玉楼春》词有句名句："红杏枝头春意闹。"这与西方的通感描写手法可以比较。

比较文学的又一次危机：比较文学的死亡

九十年代，欧美学者提出，比较文学作为一门学科已经死亡！最早是英国学者苏珊·巴斯奈特 1993 年她在《比较文学》一书中提出了比较文学的死亡论，认为比较文学作为一门学科，在某种意义上已经死亡。尔后，美国学者斯皮瓦克写了一部比较文学专著，书名就叫《一个学科的死亡》。为什么比较文学会死亡，斯皮瓦克的书中并没有明确回答！为什么西方学者会提出比较文学死亡论？全世界比较文学界都十分困惑。我们认为，20 世纪 90 年代以来，欧美比较文学继"理论热"之后，又出现了大规模的"文化转向"。脱离了比较文学的基本立场。首先是不比较，即不讲比较文学的可比性问题。西方比较文学研究充斥大量的 Culture Studies（文化研究），已经不考虑比较的合理性，不考虑比较文学的可比性问题。第二是不文学，即不关心文学问题。西方学者热衷于文化研究，关注的已经不是文学性，而是精神分析、政治、性别、阶级、结构等等。最根本的原因，是比较文学学科长期囿于西方中心论，有意无意地回避东西方不同文明文学的比较问题，基本上忽略了学科理论的新生长点，比较文学学科理论缺乏创新，严重忽略了比较文学的差异性和变异性。

要克服比较文学的又一次危机，就必须打破西方中心论，克服比较文学学科理论一味求同的比较文学学科理论模式，提出适应当今全球化比较文学研究的新话语。中国学派，正是在此次危机中，提出了比较文学变异学研究，总结出了新的学科理论话语和一套新的方法论。

中国大陆第一部比较文学概论性著作是卢康华、孙景尧所著《比较文学导论》，该书指出："什么是比较文学？现在我们可以借用我国学者季羡林先生的解释来回答了：'顾名思义，比较文学就是把不同国家的文学拿出来比较，这可以说是狭义的比较文学。广义的比较文学是把文学同其他学科来比较，包括人文科学和社会科学'。"[1]这个定义可以说是美国雷马克定义的翻版。不过，该书又接着指出："我们认为最精炼易记的还是我国学者钱钟书先生的说法：'比较文学作为一门专门学科，则专指跨越国界和语言界限的文学比较'。更具体地说，就是把不同国家不同语言的文学现象放在一起进行比较，研究他们在文艺理论、文学思潮，具体作家、作品之间的互相影响。"[2]这个定义似乎更接近法国学派的定义，没有强调平行比较与跨学科比较。紧接该书之后的教材是陈挺的《比较文学简编》，该书仍旧以"广义"与"狭义"来解释比较文学的定义，指出："我们认为，通常说的比较文学是狭义的，即指超越国家、民族和语言界限的文学研究……广义的比较文学还可以包括文学与其他艺术（音乐、绘画等）与其他意识形态（历史、哲学、政治、宗教等）之间的相互关系的研究。"[3]中国比较文学早期对于比较文学的定义中凸显了很强的不确定性。

由乐黛云主编，高等教育出版社 1988 年的《中西比较文学教程》，则对比较文学定义有了较为深入的认识，该书在详细考查了中外不同的定义之后，该书指出："比较文学不应受到语言、民族、国家、学科等限制，而要走向一种开放性，力图寻求世界文学发展的共同规律。"[4]"世界文学"概念的纳入极大拓宽了比较文学的内涵，为"跨文化"定义特征的提出做好了铺垫。

随着时间的推移，学界的认识逐步深化。1997 年，陈惇、孙景尧、谢天振主编的《比较文学》提出了自己的定义："把比较文学看作跨民族、跨语言、跨文化、跨学科的文学研究，更符合比较文学的实质，更能反映现阶段人们对于比较文学的认识。"[5]2000 年北京师范大学出版社出版了《比较文学概论》修订本，提出："什么是比较文学呢？比较文学是一种开放式的文学研究，它具有宏观的视野和国际的角度，以跨民族、跨语言、跨文化、跨学科界限的各种文学关系为研究对象，在理论和方法上，具有比较的自觉意识和兼容并包的特色。"[6]这是我们目前所看到的国内较有特色的一个定义。

---

1 卢康华、孙景尧著《比较文学导论》，黑龙江人民出版社 1984，第 15 页。
2 卢康华、孙景尧著《比较文学导论》，黑龙江人民出版社 1984 年版。
3 陈挺《比较文学简编》，华东师范大学出版社 1986 年版。
4 乐黛云主编《中西比较文学教程》，高等教育出版社 1988 年版。
5 陈惇、孙景尧、谢天振主编《比较文学》，高等教育出版社 1997 年版。
6 陈惇、刘象愚《比较文学概论》，北京师范大学出版社 2000 年版。

具有代表性的比较文学定义是 2002 年出版的杨乃乔主编的《比较文学概论》一书，该书的定义如下："比较文学是以跨民族、跨语言、跨文化与跨学科为比较视域而展开的研究，在学科的成立上以研究主体的比较视域为安身立命的本体，因此强调研究主体的定位，同时比较文学把学科的研究客体定位于民族文学之间与文学及其他学科之间的三种关系：材料事实关系、美学价值关系与学科交叉关系，并在开放与多元的文学研究中追寻体系化的汇通。"[7]方汉文则认为："比较文学作为文学研究的一个分支学科，它以理解不同文化体系和不同学科间的同一性和差异性的辩证思维为主导，对那些跨越了民族、语言、文化体系和学科界限的文学现象进行比较研究，以寻求人类文学发生和发展的相似性和规律性。"[8]由此而引申出的"跨文化"成为中国比较文学学者对于比较文学定义所做出的历史性贡献。

我在《比较文学教程》中对比较文学定义表述如下："比较文学是以世界性眼光和胸怀来从事不同国家、不同文明和不同学科之间的跨越式文学比较研究。它主要研究各种跨越中文学的同源性、变异性、类同性、异质性和互补性，以影响研究、变异研究、平行研究、跨学科研究、总体文学研究为基本方法论，其目的在于以世界性眼光来总结文学规律和文学特性，加强世界文学的相互了解与整合，推动世界文学的发展。"[9]在这一定义中，我再次重申"跨国""跨学科""跨文明"三大特征，以"变异性""异质性"突破东西文明之间的"第三堵墙"。

"首在审己，亦必知人"。中国比较文学学者在前人定义的不断论争中反观自身，立足中国经验、学术传统，以中国学者之言为比较文学的危机处境贡献学科转机之道。

三、两岸共建比较文学话语——比较文学中国学派

中国学者对于比较文学定义的不断明确也促成了"比较文学中国学派"的生发。得益于两岸几代学者的垦拓耕耘，这一议题成为近五十年来中国比较文学发展中竖起的最鲜明、最具争议性的一杆大旗，同时也是中国比较文学学科理论研究最有创新性，最亮丽的一道风景线。

---

7 杨乃乔主编《比较文学概论》，北京大学出版社 2002 年版。
8 方汉文《比较文学基本原理》，苏州大学出版社 2002 年版。
9 曹顺庆《比较文学教程》，高等教育出版社 2006 年版。

比较文学"中国学派"这一概念所蕴含的理论的自觉意识最早出现的时间大约是 20 世纪 70 年代。当时的台湾由于派出学生留洋学习,接触到大量的比较文学学术动态,率先掀起了中外文学比较的热潮。1971 年 7 月在台湾淡江大学召开的第一届"国际比较文学会议"上,朱立元、颜元叔、叶维廉、胡辉恒等学者在会议期间提出了比较文学的"中国学派"这一学术构想。同时,李达三、陈鹏翔(陈慧桦)、古添洪等致力于比较文学中国学派早期的理论催生。如 1976 年,古添洪、陈慧桦出版了台湾比较文学论文集《比较文学的垦拓在台湾》。编者在该书的序言中明确提出:"我们不妨大胆宣言说,这援用西方文学理论与方法并加以考验、调整以用之于中国文学的研究,是比较文学中的中国派"[10]。这是关于比较文学中国学派较早的说明性文字,尽管其中提到的研究方法过于强调西方理论的普世性,而遭到美国和中国大陆比较文学学者的批评和否定;但这毕竟是第一次从定义和研究方法上对中国学派的本质进行了系统论述,具有开拓和启明的作用。后来,陈鹏翔又在台湾《中外文学》杂志上连续发表相关文章,对自己提出的观点作了进一步的阐释和补充。

在"中国学派"刚刚起步之际,美国学者李达三起到了启蒙、催生的作用。李达三于 60 年代来华在台湾任教,为中国比较文学培养了一批朝气蓬勃的生力军。1977 年 10 月,李达三在《中外文学》6 卷 5 期上发表了一篇宣言式的文章《比较文学中国学派》,宣告了比较文学的中国学派的建立,并认为比较文学中国学派旨在"与比较文学中早已定于一尊的西方思想模式分庭抗礼。由于这些观念是源自对中国文学及比较文学有兴趣的学者,我们就将含有这些观念的学者统称为比较文学的'中国'学派。"并指出中国学派的三个目标:1、在自己本国的文学中,无论是理论方面或实践方面,找出特具"民族性"的东西,加以发扬光大,以充实世界文学;2、推展非西方国家"地区性"的文学运动,同时认为西方文学仅是众多文学表达方式之一而已;3、做一个非西方国家的发言人,同时并不自诩能代表所有其他非西方的国家。李达三后来又撰文对比较文学研究状况进行了分析研究,积极推动中国学派的理论建设。[11]

继中国台湾学者垦拓之功,在 20 世纪 70 年代末复苏的大陆比较文学研

---

10 古添洪、陈慧桦《比较文学的垦拓在台湾》,台湾东大图书公司 1976 年版。
11 李达三《比较文学研究之新方向》,台湾联经事业出版公司 1978 年版。

究亦积极参与了"比较文学中国学派"的理论建设和学科建设。

季羡林先生 1982 年在《比较文学译文集》的序言中指出："以我们东方文学基础之雄厚，历史之悠久，我们中国文学在其中更占有独特的地位，只要我们肯努力学习，认真钻研，比较文学中国学派必然能建立起来，而且日益发扬光大"[12]。1983 年 6 月，在天津召开的新中国第一次比较文学学术会议上，朱维之先生作了题为《比较文学中国学派的回顾与展望》的报告，在报告中他旗帜鲜明地说："比较文学中国学派的形成（不是建立）已经有了长远的源流，前人已经做出了很多成绩，颇具特色，而且兼有法、美、苏学派的特点。因此，中国学派绝不是欧美学派的尾巴或补充"[13]。1984 年，卢康华、孙景尧在《比较文学导论》中对如何建立比较文学中国学派提出了自己的看法，认为应当以马克思主义作为自己的理论基础，以我国的优秀传统与民族特色为立足点与出发点，汲取古今中外一切有用的营养，去努力发展中国的比较文学研究。同年在《中国比较文学》创刊号上，朱维之、方重、唐弢、杨周翰等人认为中国的比较文学研究应该保持不同于西方的民族特点和独立风貌。1985 年，黄宝生发表《建立比较文学的中国学派：读〈中国比较文学〉创刊号》，认为《中国比较文学》创刊号上多篇讨论比较文学中国学派的论文标志着大陆对比较文学中国学派的探讨进入了实际操作阶段。[14]1988 年，远浩一提出"比较文学是跨文化的文学研究"（载《中国比较文学》1988 年第 3 期）。这是对比较文学中国学派在理论特征和方法论体系上的一次前瞻。同年，杨周翰先生发表题为"比较文学：界定'中国学派'，危机与前提"（载《中国比较文学通讯》1988 年第 2 期），认为东方文学之间的比较研究应当成为"中国学派"的特色。这不仅打破比较文学中的欧洲中心论，而且也是东方比较学者责无旁贷的任务。此外，国内少数民族文学的比较研究，也应该成为"中国学派"的一个组成部分。所以，杨先生认为比较文学中的大量问题和学派问题并不矛盾，相反有助于理论的讨论。1990 年，远浩一发表"关于'中国学派'"（载《中国比较文学》1990 年第 1 期），进一步推进了"中国学派"的研究。此后直到 20 世纪 90 年代末，中国学者就比较文学中国学派的建立、理论与方法以及相应的学科理论等诸多问题进行了积极而富有成效的探讨。

---

12 张隆溪《比较文学译文集》，北京大学出版社 1984 年版。

13 朱维之《比较文学论文集》，南开大学出版社 1984 年版。

14 参见《世界文学》1985 年第 5 期。

刘介民、远浩一、孙景尧、谢天振、陈淳、刘象愚、杜卫等人都对这些问题付出过不少努力。《暨南学报》1991 年第 3 期发表了一组笔谈，大家就这个问题提出了意见，认为必须打破比较文学研究中长期存在的法美研究模式，建立比较文学中国学派的任务已经迫在眉睫。王富仁在《学术月刊》1991 年第 4 期上发表"论比较文学的中国学派问题"，论述中国学派兴起的必然性。而后，以谢天振等学者为代表的比较文学研究界展开了对"X+Y"模式的批判。比较文学在大陆复兴之后，一些研究者采取了"X+Y"式的比附研究的模式，在发现了"惊人的相似"之后便万事大吉，而不注意中西巨大的文化差异性，成为了浅度的比附性研究。这种情况的出现，不仅是中国学者对比较文学的理解上出了问题，也是由于法美学派研究理论中长期存在的研究模式的影响，一些学者并没有深思中国与西方文学背后巨大的文明差异性，因而形成"X+Y"的研究模式，这更促使一些学者思考比较文学中国学派的问题。

经过学者们的共同努力，比较文学中国学派一些初步的特征和方法论体系逐渐凸显出来。1995 年，我在《中国比较文学》第 1 期上发表《比较文学中国学派基本理论特征及其方法论体系初探》一文，对比较文学在中国复兴十余年来的发展成果作了总结，并在此基础上总结出中国学派的理论特征和方法论体系，对比较文学中国学派作了全方位的阐述。继该文之后，我又发表了《跨越第三堵'墙'创建比较文学中国学派理论体系》等系列论文，论述了以跨文化研究为核心的"中国学派"的基本理论特征及其方法论体系。这些学术论文发表之后在国内外比较文学界引起了较大的反响。台湾著名比较文学学者古添洪认为该文"体大思精，可谓已综合了台湾与大陆两地比较文学中国学派的策略与指归，实可作为'中国学派'在大陆再出发与实践的蓝图"[15]。

在我撰文提出比较文学中国学派的基本特征及方法论体系之后，关于中国学派的论争热潮日益高涨。反对者如前国际比较文学学会会长佛克马（Douwe Fokkema）1987 年在中国比较文学学会第二届学术讨论会上就从所谓的国际观点出发对比较文学中国学派的合法性提出了质疑，并坚定地反对建立比较文学中国学派。来自国际的观点并没有让中国学者失去建立比较文学中国学派的热忱。很快中国学者智量先生就在《文艺理论研究》1988 年第

---

15 古添洪《中国学派与台湾比较文学界的当前走向》，参见黄维梁编《中国比较文学理论的垦拓》167 页，北京大学出版社 1998 年版。

1 期上发表题为《比较文学在中国》一文，文中援引中国比较文学研究取得的成就，为中国学派辩护，认为中国比较文学研究成绩和特色显著，尤其在研究方法上足以与比较文学研究历史上的其他学派相提并论，建立中国学派只会是一个有益的举动。1991 年，孙景尧先生在《文学评论》第 2 期上发表《为"中国学派"一辩》，孙先生认为佛克马所谓的国际主义观点实质上是"欧洲中心主义"的观点，而"中国学派"的提出，正是为了清除东西方文学与比较文学学科史中形成的"欧洲中心主义"。在 1993 年美国印第安纳大学举行的全美比较文学会议上，李达三仍然坚定地认为建立中国学派是有益的。二十年之后，佛克马教授修正了自己的看法，在 2007 年 4 月的"跨文明对话——国际学术研讨会（成都）"上，佛克马教授公开表示欣赏建立比较文学中国学派的想法[16]。即使学派争议一派繁荣景象，但最终仍旧需要落点于学术创见与成果之上。

比较文学变异学便是中国学派的一个重要理论创获。2005 年，我正式在《比较文学学》[17]中提出比较文学变异学，提出比较文学研究应该从"求同"思维中走出来，从"变异"的角度出发，拓宽比较文学的研究。通过前述的法、美学派学科理论的梳理，我们也可以发现前期比较文学学科是缺乏"变异性"研究的。我便从建构中国比较文学学科理论话语体系入手，立足《周易》的"变异"思想，建构起"比较文学变异学"新话语，力图以中国学者的视角为全世界比较文学学科理论提供一个新视角、新方法和新理论。

比较文学变异学的提出根植于中国哲学的深层内涵，如《周易》之"易之三名"所构建的"变易、简易、不易"三位一体的思辨意蕴与意义生成系统。具体而言，"变易"乃四时更替、五行运转、气象畅通、生生不息；"不易"乃天上地下、君南臣北、纲举目张、尊卑有位；"简易"则是乾以易知、坤以简能、易则易知、简则易从。显然，在这个意义结构系统中，变易强调"变"，不易强调"不变"，简易强调变与不变之间的基本关联。万物有所变，有所不变，且变与不变之间存在简单易从之规律，这是一种思辨式的变异模式，这种变异思维的理论特征就是：天人合一、物我不分、对立转化、整体关联。这是中国古代哲学最重要的认识论，也是与西方哲学所不同的"变异"思想。

---

16 见《比较文学报》2007 年 5 月 30 日，总第 43 期。
17 曹顺庆《比较文学学》，四川大学出版社 2005 年版。

由哲学思想衍生于学科理论，比较文学变异学是"指对不同国家、不同文明的文学现象在影响交流中呈现出的变异状态的研究，以及对不同国家、不同文明的文学相互阐发中出现的变异状态的研究。通过研究文学现象在影响交流以及相互阐发中呈现的变异，探究比较文学变异的规律。"[18]变异学理论的重点在求"异"的可比性，研究范围包含跨国变异研究、跨语际变异研究、跨文化变异研究、跨文明变异研究、文学的他国化研究等方面。比较文学变异学所发现的文化创新规律、文学创新路径是基于中国所特有的术语、概念和言说体系之上探索出的"中国话语"，作为比较文学第三阶段中国学派的代表性理论已经受到了国际学界的广泛关注与高度评价，中国学术话语产生了世界性影响。

四、国际视野中的中国比较文学

文明之墙让中国比较文学学者所提出的标识性概念获得国际视野的接纳、理解、认同以及运用，经历了跨语言、跨文化、跨文明的多重关卡，国际视野下的中国比较文学书写亦经历了一个从"遍寻无迹""只言片语"而"专篇专论"，从最初的"话语乌托邦"至"阶段性贡献"的过程。

二十世纪六十年代以来港台学者致力于从课程教学、学术平台、人才培养，国内外学术合作等方面巩固比较文学这一新兴学科的建立基石，如淡江文理学院英文系开设的"比较文学"（1966），香港大学开设的"中西文学关系"（1966）等课程；台湾大学外文系主编出版之《中外文学》月刊、淡江大学出版之《淡江评论》季刊等比较文学研究专刊；后又有台湾比较文学学会（1973 年）、香港比较文学学会（1978）的成立。在这一系列的学术环境构建下，学者前贤以"中国学派"为中国比较文学话语核心在国际比较文学学科理论、方法论中持续探讨，率先启声。例如李达三在 1980 年香港举办的东西方比较文学学术研讨会成果中选取了七篇代表性文章，以 *Chinese-Western Comparative Literature: Theory and Strategy* 为题集结出版，[19]并在其结语中附上那篇"中国学派"宣言文章以申明中国比较文学建立之必要。

学科开山之际，艰难险阻之巨难以想象，但从国际学者相关言论中可见西方对于中国比较文学学科的发展抱有的希望渺小。厄尔·迈纳（Earl Miner）

---

18 曹顺庆主编《比较文学概论》，高等教育出版社 2015 年版。

19 *Chinese-Western Comparative Literature：Theory & Strategy*，Chinese Univ Pr.1980-6

在 1987 年发表的 *Some Theoretical and Methodological Topics for Comparative Literature* 一文中谈到当时西方的比较文学鲜有学者试图将非西方材料纳入西方的比较文学研究中。(until recently there has been little effort to incorporate non-Western evidence into Western com- parative study.) 1992 年，斯坦福大学教授 David Palumbo-Liu 直接以《话语的乌托邦：论中国比较文学的不可能性》为题（*The Utopias of Discourse: On the Impossibility of Chinese Comparative Literature*）直言中国比较文学本质上是一项"乌托邦"工程。(My main goal will be to show how and why the task of Chinese comparative literature, particularly of pre-modern literature, is essentially a *utopian* project.) 这些对于中国比较文学的诘难与质疑，今美国加州大学圣地亚哥分校文学系主任张英进教授在其 1998 编著的 *China in a polycentric world: essays in Chinese comparative literature* 前言中也不得不承认中国比较文学研究在国际学术界中仍然处于边缘地位（The fact is, however, that Chinese comparative literature remained marginal in academia, even though it has developed closely with the rest of literary studies in the United Stated and even though China has gained increasing importance in the geopolitical world order over the past decades.)。[20]但张英进教授也展望了下一个千年中国比较文学研究的蓝景。

新的千年新的气象，"世界文学""全球化"等概念的冲击下，让西方学者开始注意到东方，注意到中国。如普渡大学教授斯蒂文·托托西（Tötösy de Zepetnek, Steven）1999 年发长文 *From Comparative Literature Today Toward Comparative Cultural Studies* 阐明比较文学研究更应该注重文化的全球性、多元性、平等性而杜绝等级划分的参与。托托西教授注意到了在法德美所谓传统的比较文学研究重镇之外，例如中国、日本、巴西、阿根廷、墨西哥、西班牙、葡萄牙、意大利、希腊等地区，比较文学学科得到了出乎意料的发展（emerging and developing strongly）。在这篇文章中，托托西教授列举了世界各地比较文学研究成果的著作，其中中国地区便是北京大学乐黛云先生出版的代表作品。托托西教授精通多国语言，研究视野也常具跨越性，新世纪以来也致力于以跨越性的视野关注世界各地比较文学研究的动向。[21]

---

20 Moran T . Yingjin Zhang, Ed. China in a Polycentric World: Essays in Chinese Comparative Literature[J].现代中文文学学报,2000,4(1):161-165.

21 Tötösy de Zepetnek, Steven. "From Comparative Literature Today Toward Comparative Cultural Studies." CLCWeb: Comparative Literature and Culture 1.3 (1999):

以上这些国际上不同学者的声音一则质疑中国比较文学建设的可能性，一则观望着这一学科在非西方国家的复兴样态。争议的声音不仅在国际学界，国内学界对于这一新兴学科的全局框架中涉及的理论、方法以及学科本身的立足点，例如前文所说的比较文学的定义，中国学派等等都处于持久论辩的漩涡。我们也通晓如果一直处于争议的漩涡中，便会被漩涡所吞噬，只有将论辩化为成果，才能转漩涡为涟漪，一圈一圈向外辐射，国际学人也在等待中国学者自己的声音。

上海交通大学王宁教授作为中国比较文学学者的国际发声者自 20 世纪末至今已撰文百余篇，他直言，全球化给西方学者带来了学科死亡论，但是中国比较文学必将在这全球化语境中更为兴盛，中国的比较文学学者一定会对国际文学研究做出更大的贡献。新世纪以来中国学者也不断地将自身的学科思考成果呈现在世界之前。2000 年，北京大学周小仪教授发文（*Comparative Literature in China*）[22]率先从学科史角度构建了中国比较文学在两个时期（20世纪 20 年代至 50 年代，70 年代至 90 年代）的发展概貌，此文关于中国比较文学的复兴崛起是源自中国文学现代性的产生这一观点对美国芝加哥大学教授苏源熙（Haun Saussy）影响较深。苏源熙在 2006 年的专著 *Comparative Literature in an Age of Globalization* 中对于中国比较文学的讨论篇幅极少，其中心便是重申比较文学与中国文学现代性的联系。这篇文章也被哈佛大学教授大卫·达姆罗什（David Damrosch）收录于《普林斯顿比较文学资料手册》（*The Princeton Sourcebook in Comparative Literature*，2009[23]）。类似的学科史介绍在英语世界与法语世界都接续出现，以上大致反映了中国学者对于中国比较文学研究的大概描述在西学界的接受情况。学科史的构架对于国际学术对中国比较文学发展脉络的把握很有必要，但是在此基础上的学科理论实践才是关系于中国比较文学学科国际性发展的根本方向。

我在 20 世纪 80 年代以来 40 余年间便一直思考比较文学研究的理论构建问题，从以西方理论阐释中国文学而造成的中国文艺理论"失语症"思考

---

22 Zhou, Xiaoyi and Q.S. Tong, "Comparative Literature in China", Comparative Literature and Comparative Cultural Studies, ed., Totosy de Zepetnek, West Lafayette, Indiana: Purdue University Press, 2003, 268-283.

23 Damrosch, David (EDT)*The Princeton Sourcebook in Comparative Literature*: Princeton University Press

属于中国比较文学自身的学科方法论，从跨异质文化中产生的"文学误读""文化过滤""文学他国化"提出"比较文学变异学"理论。历经 10 年的不断思考，2013 年，我的英文著作：*The Variation Theory of Comparative Literature*（《比较文学变异学》），由全球著名的出版社之一斯普林格（Springer）出版社出版，并在美国纽约、英国伦敦、德国海德堡出版同时发行。*The Variation Theory of Comparative Literature*（《比较文学变异学》）系统地梳理了比较文学法国学派与美国学派研究范式的特点及局限，首次以全球通用的英语语言提出了中国比较文学学科理论新话语："比较文学变异学"。这一新概念、新范畴和新表述，引导国际学术界展开了对变异学的专刊研究（如普渡大学创办刊物《比较文学与文化》2017 年 19 期）和讨论。

欧洲科学院院士、西班牙圣地亚哥联合大学让·莫内讲席教授、比较文学系教授塞萨尔·多明戈斯教授（Cesar Dominguez），及美国科学院院士、芝加哥大学比较文学教授苏源熙（Haun Saussy）等学者合著的比较文学专著（Introducing Comparative literature: New Trends and Applications[24]）高度评价了比较文学变异学。苏源熙引用了《比较文学变异学》（英文版）中的部分内容，阐明比较文学变异学是十分重要的成果。与比较文学法国学派和美国学派形成对比，曹顺庆教授倡导第三阶段理论，即，新奇的、科学的中国学派的模式，以及具有中国学派本身的研究方法的理论创新与中国学派"（《比较文学变异学》（英文版）第 43 页）。通过对"中西文化异质性的"跨文明研究"，曹顺庆教授的看法会更进一步的发展与进步（《比较文学变异学》（英文版）第 43 页），这对于中国文学理论的转化和西方文学理论的意义具有十分重要的价值。（"Another important contribution in the direction of an imparative comparative literature-at least as procedure-is Cao Shunqing's 2013 *The Variation Theory of Comparative Literature*. In contrast to the "French School" and "American School" of comparative Literature, Cao advocates a "third-phrase theory", namely, "a novel and scientific mode of the Chinese school," a "theoretical innovation and systematization of the Chinese school by relying on our *own* methods" (*Variation Theory* 43; emphasis added). From this etic beginning, his proposal moves forward emically by developing a "cross-civilizaional study on the heterogeneity between

---

24 Cesar Dominguez,Haun Saussy,Dario Villanueva Introducing Comparative literature: New Trends and Applications，Routledge,2015

Chinese and Western culture" (43), which results in both the foreignization of Chinese literary theories and the Signification of Western literary theories.）

  法国索邦大学（Sorbonne University）比较文学系主任伯纳德·弗朗科（Bernard Franco）教授在他出版的专著（《比较文学：历史、范畴与方法》）*La littératurecomparée: Histoire, domaines, méthodes* 中以专节引述变异学理论，他认为曹顺庆教授提出了区别于影响研究与平行研究的"第三条路"，即"变异理论"，这对应于观点的转变，从"跨文化研究"到"跨文明研究"。变异理论基于不同文明的文学体系相互碰撞为形式的交流过程中以产生新的文学元素，曹顺庆将其定义为"研究不同国家的文学现象所经历的变化"。因此曹顺庆教授提出的变异学理论概述了一个新的方向，并展示了比较文学在不同语言和文化领域之间建立多种可能的桥梁。（Il évoque l'hypothèse d'une troisième voie, la « théorie de la variation », qui correspond à un déplacement du point de vue, de celui des « études interculturelles » vers celui des « études transcivilisationnelles . » Cao Shunqing la définit comme « l'étude des variations subies par des phénomènes littéraires issus de différents pays, avec ou sans contact factuel, en même temps que l'étude comparative de l'hétérogénéité et de la variabilité de différentes expressions littéraires dans le même domaine ». Cette hypothèse esquisse une nouvelle orientation et montre la multiplicité des passerelles possibles que la littérature comparée établit entre domaines linguistiques et culturels différents.）[25]。

  美国哈佛大学（Harvard University）厄内斯特·伯恩鲍姆讲席教授、比较文学教授大卫·达姆罗什（David Damrosch）对该专著尤为关注。他认为《比较文学变异学》（英文版）以中国视角呈现了比较文学学科话语的全球传播的有益尝试。曹顺庆教授对变异的关注提供了较为适用的视角，一方面超越了亨廷顿式简单的文化冲突模式，另一方面也跨越了同质性的普遍化。[26]国际学界对于变异学理论的关注已经逐渐从其创新性价值探讨延伸至文学研究，例如斯蒂文·托托西近日在 *Cultura* 发表的（Peripheralities: "Minor" Literatures, Women's Literature, and Adrienne Orosz de Csicser's Novels）一文中便成功地将变异学理论运用于阿德里安·奥罗兹的小说研究中。

---

25 Bernard Franco La littératurecomparée: Histoire, domaines, méthodes，Armand Colin 2016.

26 David Damrosch Comparing the Literatures,Literary Studies in a Global Age,Princeton University Press,2020.

国际学界对于比较文学变异学的认可也证实了变异学作为一种普遍性理论提出的初衷，其合法性与适用性将在不同文化的学者实践中巩固、拓展与深化。它不仅仅是跨文明研究的方法，而是一种具有超越影响研究和平行研究，超越西方视角或东方视角的宏大视野、一种建立在文化异质性和变异性基础之上的融汇创生、一种追求世界文学和总体问题最终理想的哲学关怀。

以如此篇幅展现中国比较文学之况，是因为中国比较文学研究本就是在各种危机论、唱衰论的压力下，各种质疑论、概念论中艰难前行，不探源溯流难以体察今日中国比较文学研究成果之不易。文明的多样性发展离不开文明之间的交流互鉴。最具"跨文明"特征的比较文学学科更需要文明之间成果的共享、共识、共析与共赏，这是我们致力于比较文学研究领域的学术理想。

千里之行，不积跬步无以至，江海之阔，不积细流无以成！如此宏大的一套比较文学研究丛书得承花木兰总编辑杜洁祥先生之宏志，以及该公司同仁之辛劳，中国比较文学学者之鼎力相助，才可顺利集结出版，在此我要衷心向诸君表达感谢！中国比较文学研究仍有一条长远之途需跋涉，期以系列丛书一展全貌，愿读者诸君敬赐高见！

曹顺庆

二零二一年十月二十三日于成都锦丽园

目

次

钱钟书论"离骚"二字的含义

《管锥编——楚辞洪兴祖补注》第一则

《管锥编——楚辞洪兴祖补注》第一则《离骚经章句序》，副标题为《"离骚"》。

钱钟书此则讨论"离骚"二字的含义。

何谓"离骚"？前人之论有"离愁"和"骚离"二说。

【"离愁"说】

王逸持"离愁"说。

王逸《离骚经章句·序》："离'、别也，'骚'、愁也，'经'、径也；言已放逐离别，中心愁思，犹依道径，以风谏君者也"；

王逸认为，"离骚"之意是屈原说自己被放逐而离开宫廷和楚王，心中苦闷忧愁。

洪兴祖《补注》对此未置可否。

钱钟书对"离愁"说持否定态度。

王逸释"离"为"别"，是也；释"离骚"为以离别而愁，如言"离愁"，则非也。

钱钟书说，王逸解"离"为"别"，解"骚"为"愁"没有错，但王逸将这两个字合在一起解释为因离别而生愁，就错了！

钱钟书认为："离骚"并非因别而愁的意思。

【"骚离"说】

项安世等持"骚离"说。

项安世《项氏家说》卷八、王应麟《困学纪闻》卷六皆据《国语·楚语》上伍举云："德义不行，则迩者骚离而远者距违"，韦昭注："骚、愁也，离、叛也"，以为"楚人之语自古如此"，"离骚"即"骚离"，屈原盖以"离畔为愁"。足备一解而已。

伍举说：如果邦国不实行德义，则近者会因愁而叛离，远者会违抗而不愿接近。韦昭注：解"离"为"叛"，以伍举之"骚离"措辞为据，把"离骚"说成"骚离"是楚人说话的常态，自古如此。

按此解释，"离骚"即"骚离"，楚国民众因忧愁而叛离，屈原复因民众叛离楚国而忧愁。

钱钟书对"骚离"说也持否定态度。

钱钟书以为，项安世、王应麟仅根据《国语》中伍举有楚人"骚离"一言就断定屈原的"离骚"就是"骚离"是孤引单证，完全不足为据。

说"楚人之语自古如此"根本不值一驳，因为一国之官话和民话有别，书语和口语有别，何来一律，何来自古如此。

且看寻常语词，大都不宜颠倒：

如"字画"是艺术品，"画字"不过是写字或签名；"死战"是冒死作战，"战死"乃因战事而死；"妻小"是妻儿家小，"小妻"是小老婆；"混乱"是事态纷扰，"乱混"是不务正业；等等，不一而足。

因此，说"离骚"就是"骚离"显然不妥。

【"离骚"的原意是摆脱忧愁】

钱钟书否定上述"离愁"说和"骚离"说，他认为：

王逸释"离"为"别"，是也；释"离骚"为以离别而愁，如言"离愁"，则非也。

"离骚"一词，有类人名之"弃疾"，"去病"或诗题之"遣愁"、"送穷"；盖"离"者，分阔之谓，欲摆脱忧愁而遁避之，与"愁"告"别"，非因"别"生"愁"。

用现代汉语来分析，"离骚"是复词。

"离骚"二字，可以释为因"别"生愁，是主谓结构，"离"、离开楚宫，离开楚王，是主语，"骚"、忧愁，是谓语，回答怎么样了。

"离骚"二字，也可以释为与"愁"告"别"，是动宾结构，"离"、离开，告别、摆脱，是动词，"愁"、忧愁，作为宾语，是离开、告别、摆脱的对象。

王逸说"离骚"是因"别"生愁，是把"离骚"理解为主谓结构，"离"视为叙述的对象，"骚"、忧愁视为对主语的陈述，回答怎么样了。

按钱钟书的观点，屈原的"离"字是分阔的意思，是离开、告别。显然，钱钟书是把"离"看作动词，把意为忧愁的"骚"，看作动词"离"的宾语，把"离骚"一词看作动宾结构。"离骚"一词即是离开、告别、摆脱忧愁的意思。

附录：《管锥编——楚辞洪兴祖补注》第一则

离骚经章句序·"离骚"

王逸《离骚经章句·序》："离'、别也，'骚'、愁也，'经'、径也；言已放逐离别，中心愁思，犹依道径，以风谏君也"；洪兴祖《补注》："太史公曰：'离骚者，犹离忧也'：班孟坚曰：'离犹遭也，明已遭忧作辞也'；颜师古曰：'忧动曰骚。'余按古人引'离骚'，未有言'经'者，盖后世之士祖述其词，尊之为'经'耳，非屈原意也。逸说非是。"按《补注》驳"经"字甚允，于"离骚"两解，未置可否。《全唐文》卷二九六赵冬曦《谢燕公〈江上愁心赋〉》："离、别也，骚、愁焉。恶乎然？恶乎不然！"径取王逸序语，而易"也"为"焉"，意理毕达，颇得孟子说《诗》之法。项安世《项氏家说》卷八、王应麟《困学纪闻》卷六皆据《国语·楚语》上伍举云："德义不行，则迩者骚离而远者距违"，韦昭注："骚、愁也，离、叛也"，以为"楚人之语自古如此"，"离骚"即"骚离"，屈原盖以"离畔为愁"。足备一解而已。夫楚咻齐傅，乃方言之殊，非若胡汉华夷之语，了无共通。诸侯朝廷官府之语，彼此必同大而异小，非若野处私室之语，因地各别。苟布在方策，用以著作，则较之出于唇吻者，彼此必更大同而小异焉。《论语·述而》之"雅言"，刘宝楠《正义》释为别于土话之"官话"，是矣而未尽然；以其仅识官话视土话为整齐画一，而未识笔于书之官话视吐诸口之官话愈整齐画一，官话笔于书之训诂雅颂者又视笔于书之通俗底下者愈整齐画一。故楚之乡谈必有存于记楚人事或出楚人手之著作，然记楚人事、出楚人手之著作，其中所有词句，未宜一见而概谓"楚人之语自古如此"。"骚离"与"距违"对文，则"骚"如《诗·大雅·常武》"绎骚"之"骚"，谓扰动耳。伍举承言之曰："施令德于远近，而小大安之也；

若敛民利以成其私欲，使民蒿焉而忘其安乐而有远心。"是"骚"即不"安"，"骚离"即动荡涣散。

〔增订二〕伍举所谓"骚离"，即《论语·季氏》所谓"邦分崩离析"耳。

韦昭解"骚"为"愁"，不甚贴切《国语》之文，盖意中有马迁、王逸辈以《楚辞》"骚"为"忧"、"愁"之旧解，遂沿承之。韦解本采《楚辞》注，项、王乃复据以补正《楚辞》注；朱熹尝谓《山海经》依傍《天问》，后人释《天问》转溯诸《山海经》，毋乃类是？韦解"骚离"为民"愁"而"叛"，项、王遂解"离骚"为屈原以民"叛"而"愁"。夫即使《国语》之韦解惬当，《楚辞》文既倒置，诂之分者未遽即可移用。卑无高论，请征之寻常笔舌。匪似"东西"之与"西东"，"风流"之与"流风"，"云雨"之与"雨云"，"日月"之与"月日"，"大老"、"中人"、"小妻"之与"老大"、"人中"、"妻小"，均未可如热铛翻饼。"主谋"洵即"谋主"，而"主事"绝非"事主"；"公相"不失为"相公"，而"公主"迥异"主公"。"字画"、书与画也，又书法或字迹也，"画字"则作字或签名矣；"尊严"、体貌望之俨然也，"严尊"，则称事为父矣："死战"、犹能生还也，"战死"则只许吊战场而招归魂矣；"混乱"，事势不清平也，"乱混"则人不务正业而游手糊口矣。"主客"以言交际、酬酢，而"客主"则言交战争辩，"主客"又为官府及僧寺典客者之称矣。更仆难终，均类手之判反与覆，而非若棍之等倒与颠。复安保"骚离"之必同于"离骚"哉？单文孤证，好事者无妨撮合；切理餍心，则犹有待焉。

均是单文孤证也，窃亦郢书燕说，妄言而姑妄听之可乎？王逸释"离"为"别"，是也；释"离骚"为以离别而愁，如言"离愁"，则非也。"离骚"一词，有类人名之"弃疾"，"去病"或诗题之"遣愁"、"送穷"；盖"离"者，分阔之谓，欲摆脱忧愁而遁避之，与"愁"告"别"，非因"别"生"愁"。犹《心经》言"远离颠倒梦想"；或道士言太上老君高居"离恨天"，在"三十三天之上"（《西游记》第五回），乃谓至清极乐、远"离"尘世一切愁"恨"，非谓人间伤"离"伤别怨"恨"之气上冲而结成此天也。

〔增订三〕"离恨天"本意，可参观《大智度论》卷九七《释萨陀仑品》第八八中言"众香城"中有"四娱乐园"，一名'常喜'，二名'离忧'……"；玄奘译《大般若波罗蜜多经》第二分《修治地品》第一八之一二列举"远离十法"，有"远离不喜愁戚心"、"远离追恋忧悔心"等。盖"离"去"忧"、"愁"而成"喜"、"乐"，非如李端《宿淮浦忆司空文明》之"愁心一倍长离忧"，乃因别"离"而"愁"、"忧"加"倍"。元曲每以"离恨天"对"相思病"（如石子章《竹坞听琴》第二折），似望文生义，解同何逊《与胡兴安夜别》之"芳抱新离恨"，不喜而戚。后来如孙原湘《天真阁集》卷二八《离恨天歌》遂大放厥词，至云："愁天一角万古浑，日月不到云昏昏"，当非太上老君居之安者矣。

〔增订四〕《大般若波罗蜜多经》初分《缘起品》第一之一言南方"最后世界名'离一切忧'，佛号'无忧德如来'。……有菩萨名曰：'离忧'"。

《诗·泉水》曰："驾言出游，以写我忧"；《庄子·山木》鲁侯有忧色，市南宜僚进言谓"游于无人之野"。大莫之国"，则可以"去君之累，除君之忧"；庾信《愁赋》曰："深藏欲避愁"；李白《暮春江夏送张祖监丞之东都序》曰："吁咄哉！仆书室坐愁，亦已久矣。每思欲遐登蓬莱，极目四海，手弄白日，顶摩青穹，挥斥幽愤，不可得也"；韩愈《忽忽》曰："忽忽乎吾未知生之为乐也，欲脱去而无因"；辛弃疾《鹧鸪天》曰："欲上高楼本避愁"；莫非欲"离"弃己之"骚"愁也。《远游》开宗明义曰："悲时俗之迫阨兮，愿轻举而远游"；王逸《九思·逢尤》曰："心烦愦兮意无聊，严载驾兮出戏游"，逸自注或其子延寿注："将以释忧愤也"；正是斯旨。忧思难解而以为迁地可逃者，世人心理之大顺，亦词章抒情之常事，而屈子此作，其巍然首出者也。逃避苦闷，而浪迹远逝，乃西方浪漫诗歌中一大题材：足资参印。

"离"训遭、偶，亦训分、畔。就《离骚》一篇言之。"进不入以离尤兮"，用前训也；"余既不难夫离别兮"，"何离心之可同兮"，"飘风屯其相离兮"，"纷总总其离合兮，斑陆离其上下"，皆用后训。"不难夫离别"，乃全篇所三致意者，故《乱》"总撮其要"曰："又何怀乎故都！""忽反顾以游目兮，将往观乎四荒"；"济沅湘以南征兮，就重华而陈词"；"驷玉虬以乘鹥兮，溘埃风余上征"；"何离心之可同兮，吾将远逝以自疏"："怀朕情而不发兮，余焉能忍与此终古"；"骚"而欲"离"也。"回朕车以复路兮，及行迷之未远"；"仆夫悲余马怀兮，蜷局顾而不行"；"骚"而欲"离"不能也。弃置而复依恋，无可忍而又不忍，欲去还留，难留而亦不易去。即身离故都而去矣，一息尚存，此心安放？江湖魏阙，哀郢怀沙，"骚"终未"离"而愁将焉避，庾信《愁赋》曰："深藏欲避愁，愁已知人处"；陆游《春愁》曰："春愁茫茫塞天地，我行未到愁先至"（《剑南诗稿》卷八）；周紫芝《玉阑干》释然曰："觅得醉乡无事处"，而元好问《玉阑干》又爽然曰："已被愁知！"；临清人商调《醋葫芦》曰："几番上高楼将曲槛凭，不承望愁先在楼上等"（李开先《一笑散》）。西方古今诗家，或曰："驱骑疾逃，愁踞马尻"，或又叹醇酒妇人等"一切避愁之路莫非迎愁之径"。皆心同此理，辄唤奈何。宁流浪而犹流连，其唯以死亡为逃亡乎！故"从彭咸之所居"为归宿焉。思绪曲折，文澜往复；司空图《诗品·委曲》之"似往已回"，庶几得其悱恻缠绵之致。《诗·邶风·柏舟》一篇，稍辟斯境，然尚是剪而不断之情，《离骚》遂兼理而愈乱之况。语意稠叠错落，如既曰："余固知謇謇之为患兮，忍而不能舍也"，又曰："宁溘死以流亡兮，余不忍为此态也"，复曰："阽余身而危死兮，览余初其未悔"；既曰："何方圆之能周兮"，复曰："不量凿而正枘兮"；既曰："世溷浊而不分兮，好蔽美而嫉妒"，复曰："世溷浊而嫉贤兮，好蔽美而称恶"；既曰："心犹豫而狐疑兮，欲自适而不可"，复曰："欲从灵氛之吉占兮，心犹豫而狐疑。"诸若此类，读之如睹其郁结蹇产，念念不忘，重言曾歔，危涕坠心。旷百世而相感，诚哉其为"哀怨起骚人"（李白《古风》第一首）也。

钱钟书论《离骚》之"庚寅"

《管锥编——楚辞洪兴祖补注》第二则之一

　　《管锥编——楚辞洪兴祖补注》第二则共论述了九个问题，此为第一个问题：庚寅。

　　"惟庚寅吾以降"

　　钱钟书就此句训诂"庚寅"二字。

　　古人以天干地支纪年、纪月、纪日、纪时。

　　天干包括甲、乙、丙、丁、戊、己、庚、辛、壬、癸，地支包括子、丑、寅、卯、辰、巳、午、未、申、酉、戌、亥。

　　把"天干"中的一个字摆在前面，后面配上"地支"中的一个字，这样就构成一对干支。

　　中国古代采取天干地支作为计算年、月、日、时的方法，就是把每一个天干和地支按照一定的顺序而不重复地搭配起来，用来作为纪年、纪月、纪日、纪时的代号。（干支计时法据传创自黄帝之前，距今 3500 年以上。）

　　《注》："寅为阳正，故男始生而立于寅，庚为阴正，故女始生而立于庚"；

　　《补注》："《说文》曰：'元气起于子，男左行三十，女右行二十，俱立于巳，为夫妇。'"

　　迄今均将"惟庚寅吾以降"解释为：屈原说，正当庚寅日那天我降生。

　　我觉得，根据王逸《注》："寅为阳正"（男子三十岁阳气正旺）、"庚为阴正"（女子二十岁阴气正盛）和许慎《说文》："故圣人因是制礼。使男三十而娶。女二十而嫁"及《淮南子·氾论训》等可以推测：屈原这里的意思应该是说，我父亲三十岁、母亲二十岁生下了我。换言之，屈原说自己降生符合天意和周礼，命属吉祥。

古时相信人的命运天注定，相信生逢其时的人一生会吉祥安泰。

然而，事与愿违。屈原早年受楚怀王信任，提倡"美政"，主张对内举贤任能，修明法度，对外联齐抗秦。因遭贵族排挤毁谤，而被流放。秦将白起攻破楚都郢后，屈原自沉于汨罗江。

屈原写《离骚》时已遭遇谗害而罢官，他说自己出生吉祥是何用意呢？是相信自己会终获平安好运呢？还是反诘老天无眼，嗟叹自己生当其时为何却反遭厄运呢？或许，这两种意思兼有罢。斯人已殁，难究其详。

附录：《管锥编——楚辞洪兴祖补注》第二则之一

离骚（一）庚寅

"惟庚寅吾以降"；《注》："寅为阳正，故男始生而立于寅，庚为阴正，故女始生而立于庚"；《补注》："《说文》曰：'元气起于子，男左行三十，女右行二十，俱立于巳，为夫妇。裹妊于巳，巳为子，十月而生。男起巳至寅，女起巳至申，故男年始寅，女年始申也。'《淮南子》注同"。按洪引《说文》，乃"包"字之解，前尚有数语云："象人裹妊；巳在中，象子未成形也。"《淮南子·氾论训》："礼三十而娶，文王十五而生武王，非法也"，高诱注亦言"男子数从寅起"、"女子数从申起"，而更详于《说文》。段玉裁《说文解字注》引《淮南》高注及《神仙传》，断之曰："按今日者卜命，男命起寅，女命起申，此古法也。"实则宋程大昌《演繁露》卷五早取《通典》注引《说文》"包"字解而论之云："即今三命家谓'男〔生〕一岁，小运起寅……女生一岁，小运起申'者是也。……不知许氏于何得之。殆汉世已有推命之法矣，而许氏得之耶？或是许氏自推男女生理而日者取以为用也？"程氏未知王、高皆以此说注书，不独许氏用以解字。汉碑每有"三命"之词，王楙《野客丛书》卷二六谓'即阴阳家五星三命之说'：合王、许、高三家注书解字观之，野客未为臆测也。"皇览揆余初度兮，肇锡余以嘉名"；王逸注："观我始生午时，度其日月，皆合天地之正中"，亦似以星命为释。《诗·小雅·小弁》："我辰安在？"；郑玄《笺》："言'我所值之辰安所在乎？'谓'六物'之吉凶"；孔颖达《正义》引《左传》昭公七年伯瑕对晋侯问，谓"六物"乃"岁、时、日、月、星、辰"。是则郑之笺《诗》酷肖王之注《骚》，想见东汉已流行后世日者之说矣。

〔增订三〕朱松《韦斋集》卷一〇《送日者苏君序》亦引《小弁》句及注疏而申说曰:"然则推步人生时之所值,以占其贵贱寿夭,自周以来有之矣。"

钱大昕《潜研堂文集》卷三《星命说》、纪昀《阅微草堂笔记》卷一二、俞正燮《癸巳存稿》卷六等皆未及此。

钱钟书论《离骚》之"美人迟暮"

《管锥编——楚辞洪兴祖补注》第二则之二

《管锥编——楚辞洪兴祖补注》第二则共论述了九个问题,此为第二个问题:美人迟暮。

"惟草木之零落兮,恐美人之迟暮。"见于《离骚》。

钱钟书指出,此句分"表喻"(表层意)和"里意"(内涵意),表层意为"华落色衰",内涵意为"年老而功不成";明面上是睹草木零落思人生易老,实际是嗟叹自己此生无多,壮怀未遂。

屈原在《离骚》诗中反复咏叹,反映了他内心的焦虑和不甘:

1. 老冉冉其将至兮,恐修名之不立。

——我的老境已渐渐到来,只担心美好的名声来不及树立。

2. 及荣华之未落兮,相下女之可贻。

——想要趁着花朵未落之时,把你摘取下来奉献给心上人。

3. 恐鹈鴃之先鸣兮,使百草为之不芳。

——担心布谷鸟提前鸣叫,致使百草从此花陨香消。

4. 及余饰之方壮兮,周流观乎上下。

——趁着我环佩叮当璀璨,当远行四方将美景游览。

均"美人迟暮"之感,屈原称许自己为"美人",壮志未酬身先老,英雄同慨!

接着,钱钟书随手写下几个骈散相杂的句子作结,句句典故,英气逼人:

不及壮盛,田光兴感;复生髀肉,刘备下涕;生不成名而身已老,杜甫所为哀歌。后时之怅,志士有同心焉。

典故一、复生髀肉，刘备下涕：

荆州乃刘表之地，刘备投奔此处多年。一天，刘备与刘表谈天，起身如厕，见自己大腿长肉且松软，不禁潸然泪下。回座，刘表见状，问何事悲伤。刘备长叹道：过去征战，"吾常身不离鞍，髀肉皆消。今不复骑，髀里肉生。日月若驰，老将至矣，而功业不建，是以悲耳。"

典故二、不及壮盛，田光兴感：

战国后期，秦国即将灭掉六国，燕国太子丹十分忧虑，与太傅鞠武商议对策，决心找人刺杀秦王。鞠武向他推荐了一位贤能之人田光。

田光感到自己年岁大了，已无力担当如此大任，感慨万分。

田光向太子丹推荐荆轲，并亲自找到荆轲，交待了太子丹嘱托之事。

因太子丹曾嘱咐田光："我同先生说的都是国家大事，希望先生不要泄露。"

田光向荆轲交待完毕后，就拔剑自刎而死，以此明心，并绝太子丹疑虑。田光后被称为"节侠"义士。

典故三：生不成名而身已老，杜甫所为哀歌：

杜甫，三十五岁以前读书与游历。天宝年间到长安，仕进无门，困顿了十年，才获得右卫率府胄曹参军的小职。安史之乱开始，他流亡颠沛，竟为叛军所俘；脱险后，授官左拾遗。乾元二年（七五九），他弃官西行，最后到四川，定居成都，一度在剑南节度使严武幕中任检校工部员外郎，故又有杜工部之称。晚年举家东迁，途中留滞夔州二年，出峡。漂泊鄂、湘一带，贫病而卒。

杜甫一生颠沛流离，有"致君尧舜上，再使风俗淳"的宏伟抱负，爱国爱民，历经磨难而不折不挠，到晚年仍矢志不移，其《蜀相》"出师未捷身先死，长使英雄泪满襟"岂不是借诸葛亮之身世以状自己的心境。

我想，"后时之怅，志士有同心焉"难道不是钱钟书先生自我心境之写照，壮志未酬身先老。看先生《管锥编》序言即可见一斑："瞥观疏记，识小积多，学焉未能，老之已至！"感慨系之也！

附录：《管锥编——楚辞洪兴祖补注》第二则之二

《离骚》（二）美人迟暮

"惟草木之零落兮，恐美人之迟暮。"按《诗·卫风·氓·小序》"华落色衰",正此二句之表喻;王逸注所谓"年老而功不成",则其里意也。下文又云:"老冉冉其将至兮,恐修名之不立";"及荣华之未落兮,相下女之可贻";"恐鹈鴃之先鸣兮,使百草为之不芳";"及余饰之方壮兮,周流观乎上下"。言之不足,故重言之。不及壮盛,田光兴感;复生髀肉,刘备下涕:生不成名而身已老,杜甫所为哀歌。后时之怅,志士有同心焉。

钱钟书论《离骚》之"落英"

《管锥编——楚辞洪兴祖补注》第二则之三

《管锥编——楚辞洪兴祖补注》第二则共论述了九个问题，此为第三个问题：落英。

【关于菊花是否"落英"的聚讼】

"朝饮木兰之坠露兮，夕餐秋菊之落英"见于《离骚》。

关于"落英"，文坛历史上有一段聚讼。

据李壁《王荆文公诗笺注》载，欧阳修见王安石《残菊》诗有："残菊飘零满地金"一句，以为不妥，笑曰："百花皆落，唯有菊花在枝上枯萎也"并戏拟二句："秋英不比春花落，为报诗人仔细看！"王安石见后不以为然，援《离骚》为证反唇相讥："是定不知《楚辞》夕餐秋菊之落英，欧九不学之过也！"（欧九即欧阳修）

欧阳修和王安石争论的焦点是菊花是否落瓣。古人重学问、重名声，于文化是十分认真的，"一物不知，儒者所耻"。

有个叫史正志的文人出来调停欧、王之争，说菊花"有落有不落者"，但随后补充说："但菊花之可餐者还是初开之瓣，馨香可口，衰谢零落之瓣有何滋味？说落英可餐乃《离骚》之失耳。王安石沿用，是未经深思耳"，还是判王安石有误。

《高斋诗话》说，嘲笑王安石的不是欧阳修，而是苏轼。这是此故事的另一个版本。《警世通言》之《王安石三难苏学士》就是根据这个版本。

宋人如吴曾、费衮、魏庆之、陈锡璐、吴景旭等人均主张《离骚》"夕餐秋菊之落英"之"落"当解为"初"、"始"。王安石据此写"残菊飘零满地金"

是误用。

王安石的大弟子陆佃说："菊不落华，蕉不落叶"，或有隐驳老师诗句之意。

朱淑真有《黄花》："宁可抱香枝上老，不随黄叶舞秋风"；

郑思肖有《寒菊》："宁可枝头抱香死，何曾吹落北风中！"；

钱钟书评论说："安石假借《楚辞》，望文饰非，几成公论。"菊花不落瓣是共识，王安石引《楚辞》为己诗之失误作掩饰，几乎已成公论。

惟有楼钥、王楙说"落英"之落正是指陨落，但对"朝饮木兰之坠露兮，夕餐秋菊之落英"却有另一番体会和解读。

楼钥说：木兰仰面生长，屈原却说要饮其坠露，菊花不谢，屈原却说要餐其落英。乃言事与愿违、岂有此理，屈原有意违理言事，曲折地表明他明知和怀王不能重修旧好却不甘心的苦闷心境。

钱钟书就此评论说，楼钥、王楙之用心良苦，用笔灵巧。参看《九歌·湘君》之"心不同兮媒劳，恩不甚兮轻绝"（两心不相同空劳媒人，相爱不深感情便容易断绝），意为企望怀王回心转意是枉费心力；《离骚》之"长顑颔亦何伤"是说"宁饮水而瘦"，均非楼钥、王楙所谓"岂有此理"，有过度解析之嫌。

【钱钟书指出王安石之失是"以古障眼"】

钱钟书说，既然咏物，自当根据亲身观赏体验来创作，正如钟嵘《诗品》所说应"即目直寻"、元好问《论诗绝句》所说应"眼处心生"。王安石一再赋咏菊花，比如《县舍西亭》第二首："主人将去菊初栽，落尽黄花去却回"，也称菊花落瓣；他不依靠亲见而依靠典籍，并以古语来自我辩解，此乃"以古障眼目"，是辞章家之顽疾。王安石菊有落瓣之误用，为文者当引以为戒。

【钱钟书探寻王安石之失的缘由和轨迹】

以下，钱钟书探寻了王安石出错的缘由和轨迹。

《黄鹄歌》："金为衣兮菊为裳"，以"菊"配"金"，是说"有黄花"。张翰《杂诗》曰："暮春和气应，白日照园林，青条若总翠，黄花如散金"；

唐人崔善融会二诗之意作句："秋来菊花气，深山客重寻，露叶疑涵玉，风花似散金"，但承句有："摘来还泛酒"，是明知菊英不落，"散金"是假借暮春黄花来形容菊花。

到王安石这里，就因为菊花也是黄色，就直接将张翰写春花之句拿来写秋花，是"语有来历而事无根据矣"，好像有前人诗句为凭，其实与实际大相径庭。后以《离骚》作辩护、解嘲，未免牵强。

【钱钟书对屈原诗句中"落英"一词含义的解会】

最后，钱钟书陈述了自己对"落英"的解会。

"落"字可训为"初"、"始"，也可训为"陨落"。钱钟书说，《诗经》中用"落"之"始"意的都非草木，用于草木的均为"陨落"。如《氓》之"桑之未落，共叶沃若；桑之落兮，其黄而陨"，正谓陨落。《离骚》上文曰："惟草木之零落兮"，下文曰："贯薜荔之落叶"，亦然。

由此可推，《离骚》之"夕餐秋菊之落英"，其"落"也应该是"陨落"之意。

【钱钟书对屈原之失多有宽谅】

然而，钱钟书对屈原之文笔出入宽谅有加。

《离骚》下文有"溘吾游此春宫兮，折琼枝以继佩，及荣华之未落兮，相下女之可遗"；《补注》："琼，玉之美者；……天为生树，……以琳琅为实，……欲及荣华之未落也。"

如果以"菊不落花"来指认"夕餐秋菊之落英"为不妥，那么，天宫帝舍之琅树琪花就更没有衰谢飘零之理。

如果拘泥细实，则木兰花开在暮春，而菊花开在深秋，那么，"朝饮木兰之坠露兮，夕餐秋菊之落英"，则朝夕之间出现春秋两季的症候岂非荒唐？

钱钟书最后说：

比兴大篇，浩浩莽莽，不拘有之，失检有之，无须责其如赋物小品，尤未宜视之等博物谱录。……指摘者固为吹毛索瘢，而弥缝者亦不免于凿孔栽须矣。

《离骚》乃比兴大篇，洋洋洒洒，浩无际涯，不拘小节处有之，疏忽失检处有之，不必过于苛求，无须如赋物小品，必须像植物图谱一样与实物毫无二致。

在钱钟书先生看来，《离骚》这样的比兴大篇，借物寓意繁盛若海，不必锱铢必较，苛求太甚。而王安石以单独一诗写物寄情，则应该以目见实感为准，而不应以他人诗书之陈言为绳。

附录：《管锥编——楚辞洪兴祖补注》第二则之三

《离骚》（三）落英

"朝饮木兰之坠露兮，夕餐秋菊之落英"：《注》："英、华也；言己旦饮香木之坠露，……暮食芳菊之落华"；《补注》："秋花无自落者，当读如'我落其实而取其华'之'落'。"按"夕餐"句乃宋以来谈艺一公案，张云（王敖）《选学胶言》卷一三已引《西溪丛语》、《野客丛书》、《菊谱》诸说。洪氏纠正王逸注"落华"，意中必有此聚讼在。李壁《王荆文公诗笺注》卷四八《残菊》："残菊飘零满地金"，《注》："欧公笑曰：'百花尽落，独菊枝上枯耳'，戏赋：'秋英不比春花落，为报诗人仔细看！'荆公曰：'是定不知《楚辞》夕餐秋菊之落英，欧九不学之过也！落英指衰落。'《西清诗话》云：'落、始也。'窃疑小说谬，不为信。"《苕溪渔隐丛话》前集卷三四引《西清诗话》外，复引《高斋诗话》记嘲王安石者为苏轼，则《警世通言》卷三《王安石三难苏学士》渊源所自也。史正志《史老圃菊谱·后序》调停欧、王，谓"左右佩纫，彼此相笑"，菊"有落有不落者"，而终曰："若夫可餐者，乃菊之初开，芳馨可爱耳，若夫衰谢而后落，岂复有可餐之味？《楚辞》之过，乃在于此。或云：'……落英之落，盖谓始开之花耳。然则介甫之引证，殆亦未之思欤？'或者之说，不为无据"；是仍以安石为误。宋人如吴曾《能改斋漫录》卷二论《西清诗话》、费衮《梁溪漫志》卷六、魏庆之《诗人玉屑》卷一七引《梅墅续评》，后来陈锡璐《黄奶余话》卷三、吴景旭《历代诗话》卷五七亦搜列诸说，胥主"落英"之"落"当解为"初"、"始"。安石假借《楚辞》，望文饰非，几成公论。安石大弟子陆佃《埤雅》卷一七："菊不落华，蕉不落叶"，盖似隐驳乃师诗句。他如朱淑真《黄花》："宁可抱香枝上老，不随黄叶舞秋风"；郑思肖《寒菊》："宁可枝头抱香死，何曾吹落北风中！"言外胥有此公案，而借以寄慨身世。惟楼钥、王楙谓"落"正言陨落，而于全句别作解会。王说出《野客丛书》卷一，张云（王敖）已引之；楼说出《攻媿集》卷七五《跋楚茡图》云："人言木兰即木笔，虽别有辛夷之名，未知孰是，而颇有证焉。半山有'篱落黄花满地金'之句，欧公云：'菊无落英。'半山云：'欧九不曾读《离骚》！'公笑曰：'乃介甫不曾读耳！竟无辨之者，余尝得其说。灵均自以为与怀王不能复合，每切切致此意。木兰仰生而欲饮其坠露，菊花不谢而欲餐其落英，有此理乎？正如薜荔在陆而欲采于水中，芙蓉在水而欲搴于木末。"心良苦而说甚巧。顾《九歌·湘君》以"心不同兮媒劳"申说采荔搴蓉，枉费心力之意甚明；《离骚》以"长顾颔亦何伤"申说饮露餐英，则如王逸注所谓"饮食清洁"，犹言"宁饮水而瘦"，非寓岂"有此理"之意。《荆文诗集》卷四七《县舍西亭》第二首："主人将去菊初栽，落尽黄花去却回"；盖菊花之落，安石屡入赋咏。夫既为咏物，自应如钟嵘《诗品》所谓"即目直寻"，元好问《论诗绝句》所谓"眼处心生"。乃不征之目验，而求之腹笥，借古语自解，此词章家膏盲之疾："以古障眼目"（江堤《服敔堂诗录》卷八《雪亭邀余论诗，即以韵语答之》）也。嗜习古画者，其观赏当前风物时，于前人妙笔，熟处难忘，虽增契悟，亦被笼罩，每不能心眼空灵，直凑真景。诗人之资书卷、讲来历者，亦复如是。安石此掌故足为造艺者"意识腐蚀"（the corruption of consciousncss）之例。《礼记·月令》季秋之月曰："菊有黄花"，

〔增订四〕《西京杂记》卷一《黄鹄歌》："金为衣兮菊为裳"，以"菊"配"金"，是言其"有黄花"也。

张翰《杂诗》曰："暮春和气应，白日照园林，青条若总翠，黄花如散金"；唐人如崔善为《答无功九日》以二语捉置一处："秋来菊花气，深山客重寻，露叶疑涵玉，风花似散金"，而承曰："摘来还泛酒"，是尚知菊英之不落，隐示"散金"之为假借成语。至安石以菊英亦黄，遂迳取张翰之喻春花者施之于秋花，语有来历而事无根据矣。若其引《离骚》解嘲，却未必误会。"落英"与"坠露"对称，互文同训。《诗》虽有"落"训"始"之例，未尝以言草木，如《氓》之"桑之未落，共叶沃若；桑之落兮，其黄而陨"，正谓陨落。《离骚》上文曰："惟草木之零落兮"，下文曰："贯薜荔之落叶"，亦然。下文又曰："溘吾游此春宫兮，折琼枝以继佩，及荣华之未落兮，相下女之可遗"；《补注》："琼，玉之美者；……天为生树，……以琳琅为实，……欲及荣华之未落也。"若科以"菊不落花"之律，天宫帝舍之琅树琪花更无衰谢飘零之理，又将何说以解乎？比兴大篇，浩浩莽莽，不拘有之，失检有之，无须责其如赋物小品，尤未宜视之等博物谱绿。使苛举细故，则木兰荣于暮春，而《月令》曰："季秋之月，菊有黄华；是月也，霜始降，草木黄落。"菊已傲霜，而木兰之上，零露尚溥，岂旦暮间而具备春秋节令之征耶？朝只渴抑无可食而夕只饥抑无可饮耶？指摘者固为吹毛索瘢，而弥缝者亦不免于凿孔栽须矣。

钱钟书论《离骚》之"虚涵两意"

《管锥编——楚辞洪兴祖补注》第二则之四

《管锥编——楚辞洪兴祖补注》第二则共论述了九个问题，此为第四个问题：虚涵两意。

"謇吾法夫前修兮，非世俗之所服"；

王逸《注》：一训"謇"为"忠信謇謇"，则上句可译成：我（屈原）忠信謇謇，效法前世远贤，今时俗人固然不愿这样。一训"謇"为"难"，则上句可译成：我（屈原）难以确定着装，所以模仿前贤服饰，今世俗人当然不愿如此穿戴。

前训效法前贤做人，后训效法前贤着装。

钱钟书说，王逸的注释和解读颇有道理，但无论依前训效法前人做人，还是依后训效法前人着装，都不能圆满表达屈原的原意。屈原这句话兼有前训和后训，即这句话兼含着装和做人，分开来说，无论用哪层意思都不周全，唯有将这两层意思合在一起，才能将此句的意思把握到位，正如古人所言"句法以两解为更入三昧"、"诗以虚涵两意见妙"，或如西方美学之称为"混含"。

钱钟书强调说："虚涵两意"为修辞一法，《离骚》可作范例，以供举一反三。

往下，钱钟书结合上下诗句讲解了"修"、"服"二字"虚涵两意"的妙用。

擥木根以结茝兮，贯薜荔之落蕊。

矫菌桂以纫蕙兮，索胡绳之纚纚。

謇吾法夫前修兮，非世俗之所服。

虽不周于今之人兮，愿依彭咸之遗则。

译文：

我用树木的根编结茝草，再把薜荔花蕊穿在一起。

我拿菌桂枝条联结蕙草，胡绳搓成绳索又长又好。

我向古代的圣贤学习啊，不是世间俗人能够做到。

我与现在的人虽不相容，我却愿依照彭咸的遗教。

"謇吾法夫前修兮，非世俗之所服"句的"修"字、"服"字"虚涵二意"：

"修"字指"远贤"而并指"修洁"，"服"字谓"服饰"而兼谓"服行"。

一字两意，错综贯串，此二句承上启下。

——"謇吾法夫前修兮，非世俗之所服"的前面两句，是描写古人服饰的，则"前修"之"修"承上意为"修洁"（修饰以整洁），"服"字承上意为"服饰"；

"謇吾法夫前修兮，非世俗之所服"的后面两句是古人教导做人的道理，则"前修"之"修"依下，意为"远贤"（远古之贤人），"服"字依下，意为"服行"（遵行）。

以上意思，钱钟书用文言表述为：

承者修洁衣服，而启者服法前贤，正见二诠一遮一表，亦离亦即。

——屈原运用"修"、"服"二字的"虚涵二意"高妙地组织词句，"謇吾"一句承上启下，或形容美服，或形容美行，一表一里，若即若离。

钱钟书以他的慧眼和睿智将其揭示出来，以供雅识者欣赏。

《离骚》更下尚有数句含有"修"、"服"二字。

以下数句，"修"谓修洁而"服"谓衣服：

余虽好修姱以鞿羁兮，謇朝谇而夕替。

既替余以蕙纕兮，又申之以揽茝。

——我虽爱好修洁严于责己，早晨进谏晚上就被罢免。

他们攻击我佩带蕙草啊，又指责我爱好采集茝兰。

进不入以离尤兮，退将复修吾初服。

制芰荷以为衣兮，集芙蓉以为裳。

——既然进取不成反而获罪，那就回来把我旧服重修。

我要把菱叶裁剪成上衣，我并用荷花把下裳织就。

佩缤纷其繁饰兮，芳菲菲其弥章。

民生各有所乐兮，余独好修以为常。

——佩着五彩缤纷华丽装饰，散发出一阵阵浓郁清香。

人们各有自己的爱好啊，我独爱好修饰习以为常。

汝何博謇而好修兮，纷独有此姱节？

薋菉葹以盈室兮，判独离而不服。

——你何忠言无忌爱好修饰，还独有很多美好的节操。满屋堆着都是普通花草，你却与众不同不肯佩戴、穿着。

与上有别，下面的句子，"服"字意为"服行"：

夫孰非义而可用兮？孰非善而可服？

——哪有不义的事可以去干，哪有不善的事应该担当。

下面的句子，"修"字意为"前贤"：

不量凿而正枘兮，固前修以菹醢。

——不度量凿眼就打造榫头，前代的贤人正因此遭殃。

下面的句子，"服"字意为"衣服"：

户服艾以盈要兮，谓幽兰其不可佩。

——人人都把艾草挂满腰间，说幽兰是不可佩的东西。

综上，钱钟书指出：

"修"与"服"或作直指之词，或作曲喻之词，而两意均虚涵于"謇吾"二句之中。

钱钟书所说的修辞一法即是"虚涵两意"。古人诗文尤其是律诗多用此法。

"虚涵两意"，一层为表层意义，简称"表意"，另一层为内涵意义，简称"里意"。用于抒情言志含蓄隽永、耐咀嚼、堪回味。用于讽谏，可以含沙射影，指桑骂槐，绵里藏针，既可发牢骚亦可规避文字狱。

屈原所写楚辞，其文辞表面上是状物，实际上均含寓意。木心在《文学回忆录》中说"诗是永恒的。屈原又要借此吐出政治上的一口怨气，故不能直写。今天可以说，《离骚》是我国最古早的'伤痕文学'。他的文体，靠打比喻，香草美人，气度雍雍。"

其中三昧，值得仔细揣摩和借鉴。写诗若浅露直白，就了无情趣了。

附录：《管锥编——楚辞洪兴祖补注》第二则之四

《离骚》（四）虚涵两意

"謇吾法夫前修兮，非世俗之所服"：《注》："言我忠信謇謇者，乃上法前世远贤，固非今时俗人之所服行也；一云'謇'、难也，言己服饰虽为难法，我仿前贤以自修洁，非本今世俗人之所服佩。"按王说是矣而一间未达，盖不悟二意之须合，即所谓"句法以两解为更入三昧"、"诗以虚涵两意见妙"（李光地《榕村语录》正编卷三〇、王应奎《柳南随笔》卷五），亦即西方为"美学"定名立科者所谓"混含"（con-fusio）是也。此乃修词一法，《离骚》可供隅反。"修"字指"远贤"而并指"修洁"，"服"字谓"服饰"而兼谓"服行"。一字两意，错综贯串，此二句承上启下。上云："擥木根以结茝兮，贯薜荔之落蕊，矫菌桂以纫蕙兮，索胡绳之纚纚"，是修饰衣服，"法前修"如言"古衣冠"；下云："虽不周于今之人兮，愿依彭咸之遗则"，"今之人"即"世俗"，"依遗则"即"法前修"，是服行以前贤为法。承者修洁衣服，而启者服法前贤，正见二诠一遮一表，亦离亦即。更下又云："余虽好修姱以鞿羁兮，謇朝谇而夕替，既替余以蕙兮，又申之以揽茝"；"进不入以离尤兮，退将复修吾初服，制芰荷以为衣兮，集芙蓉以为裳"；"佩缤纷其繁饰兮，芳菲菲其弥章，民生各有所乐兮，余独好修以为常"；"汝何博謇而好修兮，纷独有此姱节，薋菉葹以盈室兮，判独离而不服"；"户服艾以盈要兮，谓幽兰其不可佩"；"修"谓修洁而"服"谓衣服。"孰非义而可用兮，孰非善而可服"；"不量凿而正枘兮，固前修以菹醢"："修"谓远贤而"服"谓服行。

　　"修"与"服"或作直指之词，或作曲喻之词，而两意均虚涵于"謇吾"二句之中。

　　张衡《思玄赋》极力拟《骚》，有云："袭温恭之黻衣兮，被礼义之绣裳，辫贞亮以为鞶兮，杂伎艺以为珩"，则与"结典籍而为罟兮，欧儒墨以为禽"，皆坐实道破，不耐玩味矣。

钱钟书论《离骚》之"浩荡"

《管锥编——楚辞洪兴祖补注》第二则之五

　　《管锥编——楚辞洪兴祖补注》第二则《离骚》，共论述了九个问题，此为第五个问题："浩荡"。

　　"怨灵修之浩荡兮，终不察夫民心"；

　　"浩荡"一词大多用于形容水势汹涌壮阔，或境况广大旷远。屈原此句"怨灵修"，是怨恨楚怀王；说楚怀王"浩荡"，肯定是贬义词，而绝不会说楚怀王心胸阔达。

　　不弄明白"浩荡"二字，是不能正确理解这两句诗的。

　　钱钟书从王逸《注》和洪兴祖《补注》出发展开讨论。

　　王逸《注》曰："'浩'犹'浩浩'，'荡'犹'荡荡'，无思虑貌也"；

　　洪兴祖《补注》曰："五臣云：'浩荡、法度坏貌。'"

　　钱钟书肯定王逸《注》将"浩荡"训诂为"无思虑"——"按'无思虑'之解甚佳"，并加以补充——"又按'浩荡'兼指距离辽邈；不同意洪兴祖将"浩荡"训诂为"法度坏貌"。

【"浩荡"为"无思虑"貌】

　　对"浩荡"二字，钱钟书断言：

　　按"无思虑"之解甚佳。

　　钱钟书援引数例阐述作此判断的理由：

　　1. 高拱无为，漠不关心国事，即可当《北齐书·后主纪》所谓"无愁天子"，而下民已不堪命矣。注申说为"骄敖放恣"或"法度废坏"，便词意浅直。

　　——《北齐书·幼主纪》："〔后主 高纬〕乃益骄纵，盛为《无愁》之曲，帝自弹琵琶而唱之，侍和之者以百数。人间谓之无愁天子。"高拱无为即敛手安居，漠不关心国事，致使百姓苦不堪言。此解同王逸之"无思虑"，若解为洪兴祖之"骄傲放恣"或"法度废坏"则词义浅直。

2. 干宝《晋纪总论》："民风国势如此，虽以中庸之才、守文之主治之，辛有必见之于祭祀，季札必得之于声乐，范燮必为之请死，贾谊必为之痛哭，又况我惠帝以荡荡之德临之哉！"即言惠帝之无所用心，若以坏法骄恣释之，便乖婉讽语气，既不称其生性愚懦，复与"德"字不属。

——干宝说：国势民风日下，惠帝却"以荡荡之德临之"即不管事，逍遥自在。说惠帝无所用心，昏庸糊涂。如果将"荡荡"解为"坏法骄恣"，则不符婉讽语气，也和惠帝懦弱愚钝的性格不符，和"德"字更不相称。

3. 刘峻《辩命论》："为善一，为恶均，而祸福异其流，废兴殊其迹，荡荡上帝，岂如是乎？"即言天帝之不问不管，若以坏法骄恣释之，则"岂如是"之诘质无谓；因恣志枉法，必且作善者均致祸，作恶者概得福，匪仅为善为恶同而或祸或福异也。

——刘峻《辩命论》之"荡荡上帝"是说上帝不管不问，如果是说上帝坏法骄恣，那么，质问"岂如是"就没有必要了；如果是肆意枉法，那么，善人必然遭祸，恶人必然得福，就不会出现祸福降临不分善恶的状况。

4.《书·洪范》："无偏无党，王道荡荡；无党无偏，王道平平；无反无侧，王道正直"；首言道路之宽广，次言道路之平坦，末言道路之正直。道上空旷无物，犹心中空洞无思，故亦称"荡荡"。

——王道"荡荡"指道上空旷无物，犹如心中空洞无思。

5. 石君宝《秋胡戏妻》第二折："这等清平世界、浪荡乾坤，你怎敢把良家妇女公调戏？"；《水浒》第二七回："清平世界，荡荡乾坤，那里有人肉的馒头？""乾坤"之"浪荡"、"荡荡"谓太平无事，正如"灵修"之无思、"王道"之无物；若沿坏法骄恣之解，则当曰"怪不得把良家妇调戏、剁人肉作馒头馅"矣。

——这里的"浪荡"、"荡荡"做无思、无物解。如果"浪荡"、"荡荡"作"环法骄恣"解，那么，质问"浪荡乾坤"、"荡荡乾坤"就应该说，怪不得公然调戏良家女，怪不得把人肉剁馅作馒头，而不应该说，怎敢调戏良家女，怎敢用人肉作馒头。

以上诸例为佐证，说明古时"浩荡"一词常用作"无思虑"，说君王"无思虑"就是指责他昏庸白痴。

【"浩荡"兼指距离辽邈】

"又按'浩荡'兼指距离辽邈。"

钱钟书陈述了作此补充训诂的理由:

诗人用字,高长与广大每若无别;如陆机《挽歌》之三:"广宵何寥廓,大暮安可晨!",不殊宁戚《饭牛歌》之"长夜冥冥何时旦!"

"灵修"不仅心无思虑,万事不理,抑且位高居远,下情上达而未由,乃俗语"天高皇帝远"耳。盖兼心与身之境地而言;陶潜名句曰:"心远地自偏",皇帝则"地高心自远",所谓观"存在"而知"性行"者也。

——"灵修"指君王,位高居远不知民生疾苦,百姓苦情无由上达,申告无门。

《吕氏春秋·制乐》记子韦语:"天之处高而听卑";

《三国志·蜀书·秦宓传》张温问:"天有耳乎?"宓答:"天处高而听卑";

《南齐书·萧谌传》谌临死谓莫智明曰:"天去人亦复不远。……我今死,还取卿";皆谓"灵修"虽居处"浩荡",与下界寥阔不相闻问,而宅心不"浩荡",于人事关怀亲切。

《北宫词纪》外集卷三冯惟敏《劝世》:"一还一报一齐来,见如今天矮";

《琵琶记》第二六折李贽评:"这里天何等近!缘何别处又远?";

《醒世姻缘传》第五六回:"这天矮矮的,唬杀我了!",又五七回:"这天爷近来更矮,汤汤儿就是现报。""近"、"矮"正同"聪卑"、"不远",皆"浩荡"之反,言其能下"察夫民心"也。

——天"处高而听卑"、天"近"、天"矮"和"聪卑"、"不远"意思相近,都和"浩荡"含义相反,肯定君王据高位而能体恤下情,体察民心。

屈原说楚怀王"浩荡"兼含二意,所含"无思虑"之意是怨恨楚怀王没脑子,听信谗言;所含"距离辽邈"之意是怨恨自己被逐出宫门,和楚怀王相距辽远,无法申明冤屈、重见天日。

附录:《管锥编——楚辞洪兴祖补注》第二则之五

《离骚》(五)"浩荡"

"怨灵修之浩荡兮,终不察夫民心";《注》:"'浩'犹'浩浩','荡'犹'荡荡',无思虑貌也";《补注》:"五臣云:'浩荡、法度坏貌。'"按"无思虑"

之解甚佳；高拱无为，漠不关心国事，即可当《北齐书·后主纪》所谓"无愁天子"，而下民已不堪命矣。注申说为"骄敖放恣"或"法度废坏"，便词意浅直。《诗·大雅·荡》："荡荡上帝"，郑玄《笺》："法度废坏"，正自失当，五臣乃传移以释《楚辞》，亦王逸言"骄敖放恣"有以启之也。干宝《晋纪总论》："民风国势如此，虽以中庸之才、守文之主治之，辛有必见之于祭祀，季札必得之于声乐，范燮必为之请死，贾谊必为之痛哭，又况我惠帝以荡荡之德临之哉！"即言惠帝之无所用心，若以坏法骄恣释之，便乖婉讽语气，既不称其生性愚懦，复与"德"字不属。刘峻《辩命论》："为善一，为恶均，而祸福异其流，废兴殊其迹，荡荡上帝，岂如是乎？"即言天帝之不问不管，若以坏法骄恣释之，则"岂如是"之诘质无谓；因恣志枉法，必且作善者均致祸，作恶者概得福，匪仅为善为恶同而或祸或福异也。《书·洪范》："无偏无党，王道荡荡；无党无偏，王道平平；无反无侧，王道正直"；首言道路之宽广，次言道路之平坦，末言道路之正直。道上空旷无物，犹心中空洞无思，故亦称"荡荡"。

〔增订二〕张籍《短歌行》："青天荡荡高且虚"，亦以"高"与"虚"说"荡荡"，兼辽远与空无。

石君宝《秋胡戏妻》第二折："这等清平世界、浪荡乾坤，你怎敢把良家妇女公调戏？"；《水浒》第二七回："清平世界，荡荡乾坤，那里有人肉的馒头？""乾坤"之"浪荡"、"荡荡"谓太平无事，正如"灵修"之无思、"王道"之无物；若沿坏法骄恣之解，则当曰"怪不得把良家妇调戏、剁人肉作馒头馅"矣。又按"浩荡"兼指距离辽邈。诗人用字，高长与广大每若无别；如陆机《挽歌》之三："广宵何寥廓，大暮安可晨！"，不殊宁戚《饭牛歌》之"长夜冥冥何时旦！""灵修"不仅心无思虑，万事不理，抑且位高居远，下情上达而末由，乃俗语"天高皇帝远"耳。盖兼心与身之境地而言；陶潜名句曰："心远地自偏"，皇帝则"地高心自远"，所谓观"存在"而知"性行"者也。《吕氏春秋·制乐》记子韦语："天之处高而听卑"；《三国志·蜀书·秦宓传》张温问："天有耳乎？"宓答："天处高而听卑"；《南齐书·萧谌传》谌临死谓莫智明曰："天去人亦复不远。……我今死，还取卿"；皆谓"灵修"虽居处"浩荡"，与下界寥阔不相闻间，而宅心不"浩荡"，于人事关怀亲切。《北宫词纪》外集卷三冯惟敏《劝世》："一还一报一齐来，见如今天矮"；《琵琶记》第二六折李贽评："这里天何等近！缘何别处又远？"；《醒世姻缘传》第五六回："这天矮矮的，唬杀我了!",又五七回:"这天爷近来更矮,汤汤儿就是现报。""近"、"矮"正同"聪卑"、"不远",皆"浩荡"之反,言其能下"察夫民心"也。

钱钟书论《离骚》之"前后失照"

《管锥编——楚辞洪兴祖补注》第二则之六

《管锥编——楚辞洪兴祖补注》第二则共论述了九个问题,此为第六个问题:前后失照。

钱钟书此则此题冠名"前后失照",是说屈原《离骚》一诗每每出现前后矛盾。

钱钟书用文言表达的批评何其委婉,把前后矛盾说成是前后缺乏关照。

"前后失照"之一:屈原一会儿自喻为女性,一会儿自喻为男性,前后失照。

其一,屈原自喻为女性:

"众女嫉余之蛾眉兮,谣诼谓余以善淫";

——你周围的侍女嫉妒我的姿容,于是造出百般谣言,说我妖艳狐媚!

世溷浊而不分兮,好蔽美而嫉妒。

——这世道是一片浑浊,总爱封杀、抹杀、嫉妒丽人的风采。

钱钟书指出,"余"是屈原自称,"娥眉"为美女之代称,"余之娥眉"是屈原自喻为美女。

其二,屈原自喻为男性:

"思九洲之博大兮,岂唯是有其女?"

——你想想九州是这样辽阔广大,难道只有这里才有云鬓玉颜?

"和调度以自娱兮,聊浮游以求女"

——保持着冲和的态度,欢愉的心态,我姑且再四处神游去寻找理想的女伴。

以上屈原写自己欲逢明君，犹如君子以求淑女。

屈原之《离骚》一会儿自喻为女性，一会儿自喻为男性，前后失照。

"前后失照"之二：屈原既自喻为"飞龙"、"凤凰"，又申说需要"津梁"，前后失照。（"飞龙"和"凤凰"会飞，何须渡口和桥梁呢？）

"为余驾飞龙兮，杂瑶象以为车。……凤皇翼其承旂兮，高翱翔之翼翼。忽吾行此流沙兮，遵赤水而容与，麾蛟龙使梁津兮，诏西皇使涉予。"

——译文：为我驾上飞龙啊，兼用美玉、象牙做成车辆。……凤凰展翅连接著云旗啊，它们节奏整齐高高飞翔。忽然我路经西方这片流沙啊，沿著赤水徘徊旁徨。指挥蛟龙在渡口充当桥梁啊，命令少皡将我渡到彼岸。

飞龙为驾，凤皇承旂，有若《九歌·大司命》所谓"乘龙兮辚辚，高驼兮冲天"，乃竟不能飞度流沙赤水而有待于津梁耶？有翼能飞之龙讵不如无翼之蛟龙耶？

试问：驾飞龙，乘凤凰，均为凌空蹈虚一飞冲天之象征，有"羽翼"即能"高翔"，还像徒人之遇江河必须依赖津梁（桥梁、渡口）才能到达彼岸吗？

屈原之《离骚》一会儿自喻为飞龙、凤凰，当能凌空蹈虚，一会儿说必须依赖无翼之蛟龙作津梁方可通途，前后失照。

附录：《管锥编——楚辞洪兴祖补注》第二则之六

《离骚》（六）前后失照

"众女嫉余之蛾眉兮，谣诼谓余以善淫"；《注》："众女'谓众臣；女、阴也，无专擅之义，……故以喻臣。'蛾眉'、美好之人"；《补注》："众女竟为谣言以谮愬我，彼淫人也，而谓我善淫。"按王逸《序》："《离骚》之文，依《诗》取兴。……'灵修'、'美人'以比于君"；"思美人之迟暮"句，《补注》谓"美人"或"喻君"，或"喻善人"，或"自喻"。夫不论所喻（tenor）为谁，此句取以为喻（vehicle）之"美好之人"称"余"者，乃女也，"众女嫉余之蛾眉兮"，又即下文之"好蔽美而嫉妒"也。上文"思美人之迟暮"，王逸注："美人'谓怀王也"；下文"思九洲之博大兮，岂唯是有其女？"，"和调度以自娱兮，聊浮游以求女"；不论其指臣皇皇欲得君，或臣汲汲欲求贤，而词气则君子之求淑女，乃男也。不然，则人疴矣。后之称"自"与前之称"余"，盖一人耳；扑朔迷离，自违失照。忆十六世纪英国讽谕名篇《狐、猿谋篡歌》中，以狮乃百兽之君，故假以喻王，是为牡（The Lyon sleeping lay in secret shade, / His Crown and Scepter lying him beside），而英国时方女主（Elizabeth）当朝，牡者遂时为牝（For so braue beasts she loueth best to see, / In the wilde forest raunging fresh and free; To have thy Princes grace, yet want her Peeres）；亦雌亦雄，忽男忽女，真堪连类也。《楚辞》中岨峿不安，时复类斯。如本篇云："为余驾飞龙兮，杂瑶象以为车。……凤皇翼其承旂兮，高翱翔之翼翼。忽吾行此流沙兮，遵赤水而容与，麾蛟龙使梁津兮，诏西皇使涉予。"飞龙为驾，凤皇承旂，有若《九歌·大司命》所谓"乘龙兮辚辚，高驼兮冲天"，乃不竟能飞度流沙赤水而有待于津梁耶？有翼能飞之龙讵不如无翼之蛟龙耶？抑将如班固《东都赋》之"乘龙"，或张衡《南都赋》之"飞龙"，释"驾龙"为驾马欤？则"蛟龙"又何物哉？《文选》江淹《恨赋》李善注引《竹书纪年》周穆王伐越，师至九江，"叱鼋鼍以为梁"；初非驾龙以翔，故须架鼋以度耳。《西游记》第二二回唐僧抵"流沙河"，阻道不能过，八戒谓行者既有"筋斗云"之术，"把师父背着，只消点点头，躬躬腰，跳过去罢了"，行者答谓"遣泰山轻如芥子，携凡夫难脱红尘"，"若将容易得，便作等闲看"；以明唐僧取经必"就地而行"，不可"空中而去"。行者之言正作者自圆之补笔也。若腾空远迈，而过水须桥，则说之未圆而待弥缝者。严忌《哀时命》云："弱水汩其为难兮，路中断而不通，势不能凌波以径度兮，又无羽翼而高翔。……车既弊而马罢兮，塞遭徊而不能行"；智过所师，庶无语病，足见有"羽翼"而能"高翔"者，"径度"弱水"而不"为难"也。又如《九歌·东君》云："灵之来兮蔽日，青云衣兮白霓裳"；"灵"非他，"日"是也，篇首所谓"暾将出兮东方，照吾槛兮扶桑"也。"将出"已"照"，及"来"乃反自"蔽"乎？"云衣霓裳"掩蔽容光颜焕，岂竟如《九辩》之"氾滥浮云，壅蔽明月"乎？《礼记·礼运》："故政者，君之所以藏身也"，郑玄注："谓辉光于外而形体不见，如日、月、星、辰之神"，或资参释；倘若《神曲》所言以光自匿，光华射目，日体不可正视，如蛹藏茧内，则"蔽日"者，"蔽于日"、"日蔽"之谓欤？然不曰"光"而曰"日"，又似判"灵"、"日"而二之。王逸注曰："言日神悦喜，于是来下，从其官属，蔽日而至也。"凭空添上"官属"，即觉原语欠圆，代为斡旋。此类疵累不同于"秋菊落英"之讥。秋菊落英，乃与文外之事实不符（correspondencc）：据芳谱卉笺，自可科以无知妄作之罪，而谈艺掎摭，视为小眚，如肌肤之疾而已。此类盖文中之情节不贯（coherence），犹思辩之堕自相矛盾，则病在心腹者矣。匹似杜甫《游何将军山林》："红绽雨肥梅"；姚旅《露书》卷三驳之曰："梅花能绽，梅子不能绽，今初夏言绽，则好新之过。"是乖违外物之疵也。白居易《缭绫》："中有文章又奇绝，地铺白烟花簇雪。织者何人衣者谁？越溪寒女汉宫姬。去年中使宣口敕，天上取样人间织：织为云外秋雁行，染作江南秋水色"；一绫也，色似白复似碧，文为花忽为鸟。又本身抵牾之病已。说诗者每于前失强聒不舍，而于后失熟视无睹，殆皆行有余力之博物君子耳，拟之三段论法，情节之离奇荒诞，比于大前提：然离奇荒诞之情节亦须贯串谐合，诞而成理，奇而有法。如既具此大前提，则小前提与结论必本之因之，循规矩以作推演，《西游记》第六回齐天大圣与二郎神斗法，各摇身善变，大圣变鱼游水中，二郎变鱼鹰，大圣急遁而变他物；夫幻形变状，事理所无也，而既为鱼矣，则畏鱼鹰之啄，又常事常理也。

〔增订四〕歌德《浮士德》卷上浮士德与魔鬼问答一节。浮问："汝奚不自窗而出乎？"魔原由门入，乃对："魔与鬼有科律毋得违：自何处入，亦必自何处出。初步专由自主，继武即局趣为奴"。盖亦犹吾国旧小说所谓："不来由客，来时由主"（《平妖传》二六回），或阿拉伯古谚所谓："入时自作主张，出时须人许可"（You enter at your own bidding＿you leave at another's）。颇可移解余所谓故事情节之大前提虽不经无稽，而其小前提与结论却必顺理有条。原引《西游记》第六回大圣变鱼，二郎变鱼鹰啄之，大圣因变水蛇，二郎神遂变黄鹰啄之；第六一回牛王变天鹅，行者即变海东青，牛王急变黄鹰，"反来嗛海东青"，行者变乌凤，"专一赶黄鹰"，牛王变香獐，行者变饿虎，"赶獐作食"，牛王变文豹，"要伤饿虎"，行者变狻猊，"要食大豹"。其初变也，自由遂愿，任意成形；及乎既变之后，则赋形秉性，而物性相制，不得乖违。故化獐矣，必畏虎，欲不畏虎，惟有虽化为豹。《封神演义》第九一回中杨戬与梅山七怪之袁洪"各使神通，变化无穷，相生相克"，如袁"变怪石"，杨"即变石匠"；《古今小说》卷一三《张道陵》八部鬼帅变"老虎来攫真人"，真人"变狮子逐之"，鬼帅"再变大龙"，真人即"又变大鹏金翅鸟啄龙睛"等；正相仿佛。元魏译《贤愚经·须达起精舍品第四十一》写佛弟子与外道幻师斗法：劳度差"呪作一树"，舍利弗"作旋岚风，吹拔树根"；劳度差"复作一山"，舍利弗"化作金刚力士，以金刚杵，遥用指之，山即破坏"；劳度差"复作一龙"，舍利弗"化作一金翅鸟王，擘裂之"；劳度差"复作一牛"，舍利弗"化作狮子王，分裂食之"。虽导夫先路，而粗作大卖，要不如后来者入扣连环之居上也。

试例以西方童话。猫着靴谒术士曰:"人盛言公能随意幻形,窃未能信,愿目验焉。请化为象,可乎?"术士嗤之,立地成巨象。猫惊叹曰:"神乎技矣!不识亦解化狮欤?"术士即转形为雄狮,猫皇恐曰:"莫怖杀侬!"术士忻然意得,猫曰:"公化大物之能,仆已叹观止:苟兼工化成小物如鼷鼠者,则独步天下而仆亦不敢再渎矣。"术士曰:"小子可教!老夫不惜为汝一显身手耳。"语毕跃而作鼠,猫扑而咋之。猫之衣履人言与卫士之随心幻物,荒唐之呓语也,而有鼠则遭猫捕,又真实之常事矣。

〔增订四〕西方民谣、神话亦言术士竞技,重迭变幻,互克交制。如女化兔,则男化猎犬,女遂化蝇,男登化网蛛(Then She became a hare, /A hare all on the plain; /And He became a greyhound dog, /And fetched her back again. /Then She became a fly, / A fly all in the air; /And He became a spider, /And fetched her to his lair.);或徒化蟮(ell)入水,师化鳗(conger)相逐,徒于是化鸽飞空,师乃化鹰欲攫("The School of Salamanca")。此类志异颇多,要皆同归一揆。格林童话又一则述师变公鸡,徒遽变狐狸而啮鸡头断(So the master changes himself into a cock,and the youth becomes a fox,and bites his master's head off.)夫以师之神通,岂不能以变猎犬始哉?顾既自择为鸡,则如弈者之落子已错,囿於禽性,不免为狐口中食,徒因得而致其死命焉。斯所谓第一步自主、第二步为奴,亦所谓後起者胜耳。又按法国旧传猫著靴故事中,与猫斗法者为魔而非术士,仅化狮、鼠二物耳。

驾飞龙而冲天,比奇情幻想也;龙能飞翔,则应空度流沙赤水,此引端推类,以终事与始事贯通,墨子《大取》所谓"语经"也。始段无根不实,而衷、终两段与之委蛇,顺理有条。盖无稽而未尝不经,乱道亦自有道(probable impossibility),未可鸿文无范、函盖不称也。尤侗《艮斋续说》卷七论王安石《残菊》诗案曰:"《离骚》大半寓言,但欲拾其芳草,岂问其始开与既落乎?不然岂芰荷果可衣乎?芙蓉果可裳乎?"颇窥寓言之不同实言(参观《毛诗》卷论《河广》)。潘咨《林阜间集·常语》卷上曰:"事之至奇者,理之所固有者也;若无是理,必无是事。譬如挟太山以超北海,事所必无;然究竟太山与挟者类,北海舆超者类。故虽无其事,犹许人说,盖梦思所能到。若挟北海以超太山,亦无此幻说矣。"更进而知荒诞须蕴情理。窃欲下一转语。《西游记》第四二回观音净瓶中"借了一海水",而"右手轻轻的提起,托在左手掌上";

苟有器可纳，"挟北海"未为不可。倘具偌大神通，能挟北海而竟淹于池，解超太山而忽踬于垤，则义不两立，事难一贯，非补笔末由圆其说矣。

钱钟书论《离骚》之"女媭"

《管锥编——楚辞洪兴祖补注》第二则之七

《管锥编——楚辞洪兴祖补注》第二则共论述了九个问题，此为第七个问题：女媭。

"女媭之婵媛兮，申申其詈予"是屈原《离骚》中的一句诗。

钱钟书此则此节探寻"女媭"的意思，并及"婵媛"、"申申"等词。

一说："女媭"是（屈原）的姐姐。

王逸《注》："女媭，屈原姊也"，姊即姐；洪兴祖《补注》引《说文》、《水经注》曰："屈原有贤姊"；段玉裁《说文解字注》考订：郑玄注《周易》时说"屈原之妹名女须"，阮元《〈毛诗注疏〉校勘记》说，"妹"字是郑玄误用，原先是"姊"字。

一说："女媭"是"使女"、"贱女"。

《诗·正义》说"媭"等于胥役之女，即服兵役人的女人。

据施闰章记载，有一个叫李说的，他说：

天上有须女星，主管布帛嫁娶；人间有使女，谓之"须女"。"须"者，有需求就可以使唤的人。

古时候，生了儿女，为了好养活，都取贱名，生男孩称"奴"。生女孩称"媭"。汉朝吕后的妹妹樊哙的妻子就取名叫吕媭。

屈原此句说"女媭"是承接前句"美女"而来。屈原自喻"美女"，"女媭"当是屈原的晚辈，见他落魄了，就无端埋怨。

一说："女媭"是"贱妾"、比喻党人。

张云敖（加王旁）《选学胶言》卷一三引《集解》："媭者贱妾之称，比党人也；婵媛、妖态也"。

可见，女嬃一词有多种解读，或为屈原之姐、或为屈原之妹，或为贱妾（小人、党人）等。

关于"婵媛"。李说曰："'婵媛'、卖弄之态也"；张云敖（加王旁）曰："婵媛、妖态也"。

关于"申申"。王逸说，"重也"即重复地说、一再地说；洪兴祖说：和舒之貌；李说曰："所詈不一词也"即用不同的言辞加以斥责。

以上有三个注解，究竟哪一个是屈原的原意呢？钱钟书说他也不知道。他没有足够的资料和证据可以论定。因此，他将这几个注释并置，这是实事求是。但钱钟书的探寻前后失照应该是促进了对诗句大意的理解。

"女嬃之婵媛兮，申申其詈予"的大意为：屈原遭到了"嬃女"的一再吐槽和责骂。

附录：《管锥编——楚辞洪兴祖补注》第二则之七

《离骚》（七）女嬃

"女嬃之婵媛兮，申申其詈予"；《注》："女嬃，屈原姊也，婵媛犹牵引也，申申，重也"；《补注》引《说文》，《水经注》等申说"屈原有贤姊"，而以"申申"为"和舒之貌"，与王逸异。按段玉裁《说文解字注》谓："惟郑玄注《周易》：'屈原之妹名女须'，《诗·正义》所引如此。"指《小雅·桑扈》"君子乐胥"句《正义》，而阮元《〈毛诗注疏〉校勘记》云："案'姊'误'妹'。"则古人皆以为屈子有姊也。《诗·正义》以《周礼》之"胥徒"与"女须"牵合，李谦庵似因而别生解悟，遂说"嬃"等于胥役之女者。施闰章《愚山别集》卷三《矩斋杂记》引李说云："天上有须女星，主管布帛嫁娶；人间使女谓之'须女'，须者、有急则须之谓。故《易》曰：'归妹以须，反归以娣'，言须乃贱女，及其归也，反以作娣。……后人加'女'于'须'下，犹'娣'、'侄'之文本不从'女'，后人各加'女'于旁也。汉吕后妹樊哙妻名吕嬃，盖古人多以贱名子女，祈其易养之意；生女名'嬃'，犹生男名'奴'耳。屈所云'女嬃'，明从上文'美人'生端。'女嬃'谓'美人'之下辈，见美人迟暮，辄亦无端诟厉；'婵媛'、卖弄之态也，'申申'、所詈不一词也。丈夫不能遭时主，建立奇功，致小辈揶揄，反来攻君子之短，致败君子逢世之策，斯亦足悲矣"

室人摧谪，出于"贤姊"抑出于"贱女"，无可究诘。李语聊备一解。张云傲（王旁）《选学胶言》卷一三引《集解》："媭者贱妾之称，比党人也；婵媛、妖态也"，而举吕媭之例以申之，乃谓"女之通称，不必专属姊妹"。似未见施氏书者，故合举之。

钱钟书论《离骚》之"独怀乎故宇"

《管锥编——楚辞洪兴祖补注》第二则之八

《管锥编——楚辞洪兴祖补注》第二则共论述了九个问题,此为第八个问题:"独怀乎故宇"。

"思九州之博大兮,岂唯是有其女?……何所独无芳草兮?尔独怀乎故宇!"

——想想九州如此广袤无垠,难道只有这里才有云鬓玉颜?……这世上哪里没有芳草鲜花,你为什么一定要恋着自己的故土?"

屈原生活在战国中后期的楚国,当时七国争雄,其中最强盛的是秦、楚二国。屈原德才兼备,爱国爱民忠君,他希望楚怀王效法尧、舜、汤和周文、武,打破贵贱等级和"世卿世禄"制,实行德政,完成统一中国的伟业。他早年受楚怀王信任,主张对内举贤任能,修明法度,对外力主联齐抗秦,楚国日益强大,有效地遏制了秦国的吞并企图。但后来楚王昏庸,听信谗言,多次将他流放。屈原虽然屡遭流放,但始终关心朝政,热爱祖国。最后,在秦军攻破楚国郢都那一年的端午日(夏历五月五日),悲愤地自沉汩罗,以身殉了自己的理想。

"独怀乎故宇?"

——为什么宁愿去自沉汩罗也不离开楚国?

这是屈原的自问,也是无数人的天问!

司马迁说:"怪屈原以彼其材游诸侯,何国不容,而自令若是!"

——以屈原经天纬地之才,投奔诸侯国有谁不欢迎而委以重任,何必自沉呢?

钱钟书也抱有相同的观点，他认为：

屈原"去父母之邦，既为物论之所容，又属事势之可行。"

"为物论之所容"是说，屈原离开楚国寻找明君去实现自己的理想合情合理。

韩愈《后廿九日复上书》所谓："于周不可，则去之鲁，于鲁不可，则去之齐，于齐不可，则去之宋、之郑、之秦、之楚"，而非"天下一君、四海一国"之比。

"属事势之可行"是说，屈原离开楚国寻找明君去实现自己的理想合俗可行。

"楚材用晋，卫鞅入秦，去国易主，如李斯《书》中之'客'，春秋战国间数见不鲜；"

春秋战国时期，人才流动是常态。

那时，诸侯割据，中华民族四分五裂，消除分裂和战乱是人心所向。这个时期类似于三国时期之分为魏蜀吴，没有一方是天然正统，谁能够实行统一国家的大任，谁就是历史的功臣。屈原倘若离开楚国，到别国辅佐，致力于实现一统，一样可以成为历史的功臣。

屈原早年辅政楚怀王使楚国民富国强，功勋卓著，名闻天下。以屈原内政外交之全才，离开楚国奔走别国，当不难获得大任。

然而，这一道义上名正，实际上可行的人生之路，屈原为什么没有选择呢？

屈原《离骚》一诗袒露了他万般痛苦、纠结、艰辛的心路历程。

屈原又何曾没有想到离开楚王呢？

钱钟书注意到屈原《离骚》写道：

"何离心之可同兮，吾将远逝以自疏。"

——两颗背道而驰的心怎能合到一起呢，我要自觉地疏远他远走高飞。

可见，屈原这是想离开楚国这个伤心地啊！

但屈原行动上却犹豫不决，踯躅不安：

而始则"怀情不发"；至不能"忍与终古"，犹先占之"灵氛"；占而吉，尚"犹豫狐疑"，迟迟其行，再占之"巫咸"；及果"远逝"矣，乃"临睨旧乡"，终"顾而不行"。

——屈原开始还忍辱负重，企望楚怀王顾念旧情，回心转意，经年得不到任何召回的消息,离楚之心又开始萌动,于是,他曾先请"灵氛"占卜,告知离开楚国吉利,他还是不放心,又去请"巫咸"降神,依然是离开楚国吉利,等到他终于背起行囊离开时,回望故土还是于心不忍,迈不开脚步。

钱钟书十分钦佩屈原此诗行文的跌宕起伏,他说:

我读到"又何怀乎故都"句试着合上书卷,揣测下文大约是"此处不留爷,自有留爷处",行走他乡了,岂料屈原"吾将从彭咸之所居",并非远走他乡而是与世长辞了。令我怅然若失,复黯然以悲。在屈原心中,"故都"以外虽有世界,却不是自己的世界,背叛自己的国家,不如舍弃自己的生命。屈原眷恋祖国,生死以之,与其做个避世之人,宁可做个被拘系的臣子。乐毅报燕惠王书曰:"忠臣去国,不洁其名"即忠臣背离祖国,名声不洁。苏辙有云:"宗国陨而不救兮,夫予舍是安去?……予岂如彼妇兮,夫不仁而出诉?"即祖国正在沉沦,我怎么能舍他而去。……我岂能像妇女,丈夫不仁就到邻居家去抱怨不休?

钱钟书乃屈原旷代知己也。把屈原拳拳爱国之心表达得委曲周到,淋漓尽致。

屈原之所以没有选择离开楚国,是因为屈原曾经对楚国用情太深,他的思想和心灵已紧紧地和楚国的命运联结在一起,尽管楚国的当政者们一再的拒斥、践踏他,他也无以自拔,无法改弦更张。

屈原之所以没有选择离开楚国,是因为他深爱楚国,深爱楚国的黎民百姓,他对楚国君王始终抱有愚忠和幻想,他始终将君、国、民视为三位一体,其实昏君和黎民是背道而驰的。屈原的爱有历史的局限性。

屈原之所以没有选择离开楚国,是因为他把自己身前身后的名声看得高于一切,在楚国大势已去、救国无望时,惟有坚守自己的理想和人格而以身殉国。

附录:《管锥编——楚辞洪兴祖补注》第二则之八

《离骚》(八)"独怀乎故宇"

"思九州之博大兮,岂唯是有其女?……何所独无芳草兮?尔独怀乎故宇!"按表喻则《左传》成公二年申公巫臣所谓"天下多美妇人,何必是"也;里意则《史记·季布栾布列传》朱家所谓"此不北走胡,即南走越"也。楚材用晋，卫鞅入秦，去国易主，如李斯《书》中之"客"，春秋战国间数见不鲜；下文亦曰："何离心之可同兮，吾将远逝以自疏。"韩愈《后廿九日复上书》所谓："于周不可，则去之鲁，于鲁不可，则去之齐，于齐不可，则去之宋、之郑、之秦、之楚"，而非"天下一君、四海一国"之比。《邶风·柏舟》云："觏闵既多，受侮不少，静言思之，不能奋飞"；屈子则固能"奋飞"者，故下文曰："历吉日乎吾将行。"去父母之邦，既为物论之所容，又属事势之可行。而始则"怀情不发"；至不能"忍与终古"，犹先占之"灵氛"；占而吉，尚"犹豫狐疑"，迟迟其行，再占之"巫咸"；及果"远逝"矣，乃"临睨旧乡"，终"顾而不行"。读"又何怀乎故都"而试阖卷揣其下文，必且以为次语是《魏风·硕鼠》"去女适彼"之类，如马融《长笛赋》所谓"屈平适乐国"，安料其为"吾将从彭咸之所居"，非"远逝"而为长逝哉！令人爽然若失，复黯然以悲。盖屈子心中，"故都"之外，虽有世界，非其世界，背国不如舍生。眷恋宗邦，生死以之，与为逋客，宁作累臣。乐毅报燕惠王书曰："忠臣去国，不洁其名"（《史记·乐毅传》、《战国策·燕策》二作"忠臣之去也"）；畸人独行，并一"去"而无之，出乎其类者欤！苏辙《栾城集》卷一七《屈原庙赋》设身代言，有云："宗国陨而不救兮，夫予舍是安去？……予岂如彼妇兮，夫不仁而出诉？"；颇能传其心事，"彼妇"二句又即燕惠王与乐间书所言："室不能相和，出语邻家"（《燕策》三，《乐毅传》作"室有语，不相尽，以告邻里"）尔。

钱钟书论《离骚》之"兰椒"

《管锥编——楚辞洪兴祖补注》第二则之九

《管锥编——楚辞洪兴祖补注》第二则共论述了九个问题,此为第九个问题:兰椒。

【王逸、洪兴祖对"兰"、"椒"的注解前后矛盾】

屈原《离骚》几乎全篇以花草设喻,以香草香花喻君子,如江蓠、薜芷、蕾芎、揭车、蕙茝,兰花、椒花、菊花等;以恶草喻小人,如茅蒉、荾菔、萧艾等。

在《离骚》中"兰"、"椒"是香花,用"兰"、"椒"喻君子的诗句颇多,如:

1. 扈江离与辟芷兮,纫秋兰以为佩;

——身披香草江离和白芷啊,编结秋兰作为佩带。

2. 杂申椒与菌桂兮,岂维纫夫蕙茝;

——杂聚申椒菌桂似的人物啊,岂只是联系优秀的蕙和芷?

3. 余既滋兰之九畹兮,又树蕙之百亩;

——我已经培育了许多亩兰花啊,又种植了许多亩蕙草。

4. 朝饮木兰之坠露兮,夕餐秋菊之落英;

——早晨我吮饮木兰花的清露啊,晚上又服食秋菊的落瓣。

5. 步余马于兰皋兮,驰椒丘且焉止息;

——我让我的马漫步在生有兰草的水边啊,又奔向长著椒树的小山休息留连。

6. 时暧暧其将罢兮,结幽兰而延伫;

——暮色暗淡天光将尽啊，我编结幽兰久久彷徨。

7. 户服艾以盈要兮，谓幽兰其不可佩；

——家家户户都把臭艾插满腰间啊，反倒说芳香的兰草不可佩带。

8. 巫咸将夕降兮，怀椒糈而要之；

——听说巫咸将在晚间降神啊，我带着花椒精米去迎候神灵。

9. 兰芷变而不芳兮，荃蕙化而为茅；

——兰草和芷草失掉了芬芳，荃草和惠草也变成茅莠。

在给上面诗句做注时，王逸、洪兴祖一直认定"兰"、"椒"喻君子，但对"余以兰为可恃兮，……椒专佞以慢慆兮"一句作注解时却推翻前说，换了另一种说法。

王逸《注》解"余以兰为可恃兮，……椒专佞以慢慆兮"之"兰"为怀王最小的弟弟司马子兰，"椒"为楚大夫子椒；洪兴祖《补注》申言，子兰名不符实，即子兰人品很差，名"兰"实不"兰"；子椒行为不端，却想冒充"椒"的品质进入香草行列。

和王逸、洪兴祖持同样解释的有韩愈。

韩愈《陪杜侍御游湘西寺》："静思屈原沉，远忆贾谊贬；椒、兰争妒忌，绛、灌共谗谄"；明显说椒、兰是两个人，来源于王逸的说法

为了讨论的方便，我将"余以兰为可恃兮，……椒专佞以慢慆兮"两句诗翻译一下：

余以兰为可恃兮，羌无实而容长。

——我本以为幽兰可以依靠，谁知他也虚有芳颜。

椒专佞以慢慆兮，樧又欲充夫佩帏。

——花椒媚上而欺下自有一套，茱萸也想钻进香囊里面。

钱钟书指出了王逸、洪兴祖的前后矛盾：

然椒、兰屡见上文，王、洪注都解为芳草，此处独释成影射双关；破例之故安在，似未有究焉者。

——在"余以兰为可恃兮，……椒专佞以慢慆兮"这几句诗之前，王逸、洪兴祖对"兰"、"椒"均注解为芳草，独独此句解释为专指子兰、子椒两个小人，却并没有说明这样做的理由。

王逸、洪兴祖对"兰"、"椒"的注解前后不一，是自相矛盾的，也是没有根据的。

【屈原语意欠圆，王逸、洪兴祖代为弥缝】

钱钟书对王逸、洪兴祖注"兰"、"椒"为子兰、子椒表示质疑：

屈子此数语果指子兰、子椒两楚大夫不？同朝果有彼二憾不？均争讼之端。

——钱钟书发问：屈原诗中"兰"、"椒"是指子兰、子椒吗？当时楚宫果真有这两个政敌吗？

钱钟书援引了汪琬的分析："引物连类"即比喻，如《离骚》所举香草或恶草，必定是暗有所指，不会直呼子兰、子椒的名字进行斥责。况且，屈原一直表示和"兰"、"椒"最为亲昵，欲"滋"之、"纫"之、"佩"之，他怎么会将如此可亲可爱的花卉用来指称子兰、子椒这两个十分讨厌、憎恨的家伙呢？因此，说"兰"为子兰、"椒"为子椒应该是他人的牵强附会。

钱钟书对汪琬的分析表示认同。

随后，钱钟书委婉地指出了《离骚》前后内容语意欠圆：

屈原前面写：所谓"幽兰"不可佩戴，"申椒"没有芳香，是"党人"（小人）污蔑不实之词，是"党人"（小人）妒贤嫉能。

"余既滋兰之九畹兮，又树蕙之百亩。畦留夷与揭车兮，杂杜衡与芳芷。冀枝叶之峻茂兮，愿俟时乎吾将刈。"

——我曾经栽培了大片的春兰，又种下了秋蕙百来亩地面。我还分块种植了芍药与揭车，将马蹄香与白芷套种其间。我真希望它们能够绿叶成荫、枝干参天，到时候就可以收获藏敛。

这里的"幽兰"、"申椒"是屈原为楚国培植的人才，品质精良。

屈原后面写：他辛辛苦苦培育的人才后来变质了，"荃蕙化茅"，"芳草为艾"，"兰芷无实"，"椒只何芳"。

钱钟书认为无论怎么看，这前后不一的表述都是不能自圆其说的。

假如芳草果然变成了恶草，说明兰、椒是易于变质的，这不等于说"党人"（小人）是有真知灼见的，而屈原自己反而有眼如盲吗？

假如这些家伙当初就不是芳草，而是滥竽充数之徒，作为屈原自当深恶痛绝，避之唯恐不及，为何紧接着又说："惟兹佩之可贵兮，委厥美而历兹；芳菲菲而难亏兮，芬至今犹未沫。"说椒兰"列乎众芳"而无愧。

一会儿说椒、兰品质芬芳坚贞，一会儿又说椒、兰华而不实易于变质。

难道前面所说的椒、兰，和后面所说的椒、兰品种不一样吗？如果是品种不一样，屈原应该有所交待呀。

钱钟书由此指出《离骚》的一个毛病：

"数句之间，出尔反尔。"

钱钟书说，大概王逸、洪兴祖也看出了《离骚》相关内容的前后不一，所以将"余以兰为可恃兮，……椒专佞以慢慆兮"这几句诗中的"兰"、"椒"不再解释为香草，而解释为子兰、子椒。王、洪这样做，可能也是觉得《离骚》作者语意欠圆，想弥补缝合其中的不一致和冲突。但王逸、洪兴祖将"兰"、"椒"注释为子兰、子椒正如汪琬分析的那样，同样是站不住脚的。

屈原的《离骚》是文学经典，但钱钟书实事求是，并非为经典讳，一味溢美，而是指出了《离骚》行文之间的瑕疵。钱钟书的这一见解有待专家学者们的深入研讨！

附录：《管锥编——楚辞洪兴祖补注》第二则之九

《离骚》（九）兰椒

"余以兰为可恃兮，……椒专佞以慢慆兮"；《注》："兰、怀王少弟司马子兰也。……椒、楚大夫子椒也"；《补注》："子兰有兰之名，无兰之实。……子兰既已无兰之实而列乎众芳矣，子椒又欲以似椒之质充夫佩帏也。"按下文"览椒兰其若兹兮"，王注亦云然。韩愈《陪杜侍御游湘西寺》："静思屈原沉，远忆贾谊贬；椒、兰争妒忌，绛·灌共谗诤"；以椒舆兰为二人名，本王说也。以人名双关谐隐，如《论语·雍也》之"犁牛"、《庄子·则阳》之"灵公"，固古人词令所早有，别见《老子》卷论七六章。屈子此数语果指子兰、子椒两楚大夫不？同朝果有彼二憾不？均争讼之端。然椒、兰屡见上文，王、洪注都解为芳草，此处独释成影射双关；破例之故安在，似未有究焉者。汪琬《尧峰文钞》卷二三《草庭记》云："余惟屈原作《离骚》，尝以香草喻君子，如江蓠、薜芷、蕾芎、揭车、蕙茝，如兰如菊之类，皆是也；以恶草喻小人，则如茅蒉、菉葹、萧艾、宿莽是也。而或谓兰盖指令尹子兰而言，则江蓠、薜芷，又将何所指乎？无论引物连类，立言本自有体，不当直斥用事者之名。且令尹素疾原而谗诸王，此小人之尤者也。原顾欲'滋'之、'纫'之、'佩'之，若与之最相亲匿，亦岂《离骚》本旨哉！余窃疑子兰名乃后人缘《骚》辞附会者。"论亦明通，颇无以解"兰芷变而不芳兮"以下一节。盖此节若不牵引子兰解之，则"立言"尚未为"有伦有脊",而曰"有体"乎哉！夫"谓幽兰其不可佩"、"谓申椒其不芳"者，乃"党人"之"溷浊嫉贤"、"蔽美称恶"也。脱"荃蕙化茅"，"芳草为艾"，"兰羌无实"，"椒只何芳"，则"党人"真知灼见，而屈子为皮相无识矣。及乎"览椒兰其若兹兮"，察其务入滥充，初非芳草，为屈子者，自当痛悔深恶，去之若浼，却紧承曰："惟兹佩之可贵兮，委厥美而历兹；芳菲菲而难亏兮，芬至今犹未沫。"则椒兰又"列乎众芳"而无愧，初非"无实"不"可恃"者，岂品种有不同欤？抑蕙襄（丝旁）揽茝，则"佩缤纷其繁饰"，而俟时失刈，贝，I"时缤纷其变易"耶？无乃笼统而欠分别交代也？数句之间，出尔反尔。是以王、洪迳以"余以兰为可恃兮"至"览椒兰其若兹兮"一节仅承"兰芷变而不芳兮"，谓乃双关子兰、子椒。所以沟而外之于全篇，示此处"直斥"人名，绝不与"纫秋兰以为佩"、"杂申椒与菌桂"等语同科，未容牵合贯串。正亦觉作者语意欠圆，代为弥缝耳。

钱钟书论《九歌》之"巫之一身二任"

《管锥编——楚辞洪兴祖补注》第三则

《管锥编——楚辞洪兴祖补注》第三则《九歌》(一),副标题为"巫之一身二任"

《九歌》是屈原根据楚地民间祭神乐歌加工创作而成,创造了大量神的形象,屈原借神寄托自己的思想,具有浪漫主义情调。

楚国先民的祭祀活动也是一种民间表演,祭坛实际上就是"剧坛"或"文坛"。《九歌》基本上描写的都是祭神的场面和情事。

钱钟书此则讲述《九歌》中"巫"在现场扮神、降神,一身二任,既是巫师,也充当神灵。《九歌》诸篇根据叙事内容的不同,巫师和神灵有时合二而一,有时又一分为二。懂得这一点,可以更准确地疏通和解读《九歌》的诗意。

《东皇太一》:"灵偃蹇兮姣服,芳菲菲兮满堂";

——神灵舞姿翩翩而服装艳丽,芬芳的香气溢满大堂。

王逸《注》:"'灵'、谓巫也","灵"就是巫。

洪兴祖《补注》:"古者巫以降神,'灵偃蹇兮姣服',言神降而托于巫也,下文亦曰'灵连蜷兮既留'。""灵"乃神附巫体,巫于是既是神也是巫,一身二任。

钱钟书对洪兴祖之见予以充分肯定:"洪说甚当"。

钱钟书又说:王逸其实也是知道"灵"即为"巫"也为"神"的,只是没有像洪兴祖那样提纲挈领地明确表述出来而已。因为王逸在注释《云中君》

"灵连蜷兮既留"句时称灵为巫，而在注释"灵皇皇兮既降"句时又称灵为"云神"。

一句话，王逸和洪兴祖的观点基本是一致的：

巫，一身两任，既是巫也是神。

在具体表述上，《东君》称"灵保"，《楚茨》称"神保"，《毛诗》卷论《楚茨》所谓"又做师婆又做鬼"，它既是"巫"也是"神"，一身二任。

《楚茨》以"神"和"神保"通称，《九歌》则"灵"兼巫与神二义。

巫，在降神前和降神时是巫；在降神后，神附巫体了，巫便一身两任，既是巫也是神。

在《九歌》的相关诗篇中，有时巫和神是合二而一的，有时巫和神又是分开的，一分为二，这要结合诗篇内容做具体分析。只有对诗中所称"灵"、"鬼"、"神"等究竟指什么做出了正确的分辨和判断，才能真正读懂那些诗。否则，就会出现误解。

巫、灵合二而一的情形：

《九歌》中的"吾"、"予"、"我"或为巫之自称，或为灵之自称，均出于一人之口。

1.《大司命》："纷总总兮九州，何寿夭兮在予"。

——纷扰扰的九州众生，为何其生死大权掌握在我的手中？

古人以为大司命是管人之生死的寿命之神。这首歌是巫在唱，"予"是巫师自称，也是代表"大司命"，巫、灵（大司命）合二而一。

2.《东君》："抚余马兮安驱，夜皎皎兮既明"。

——轻拍龙马将驰向何方？沉沉的夜色即将被我划亮。

这是巫师在祭祀"太阳神"时唱的歌。"余"是巫师自称，也是代表"太阳神"，巫、灵（太阳神）合二而一。

3.《湘夫人》："闻佳人兮召予，将腾驾兮偕逝。"

——听说湘夫人啊在召唤着我，我将驾车啊与她同往。

湘夫人是湘水女神，与湘水男神湘君是配偶神。诗题虽为《湘夫人》，但诗中的主人公却是湘君。"予"是巫师自称，也是代表"湘君"，巫、灵（湘君）合二而一。

4.《山鬼》："若有人兮山之阿，被薜荔兮带女萝"。

——仿佛有人经过深山谷坳，身披薜荔啊腰束女萝。

此篇为祭祀山神的颂歌。此"有人"系女巫装扮成的山鬼模样,巫、灵(山鬼)合二为一。

巫、灵一分为二的情形:

钱钟书的表述是:

"巫与神又或作当局之对语,或为旁观之指目。"

"忽合而一,忽分而二,合为吾我,分相尔彼"。

1. 以下是巫师以旁观者的口气来指认神:

如:《湘夫人》:"女嬃缤兮并迎,灵之来兮如云。"

——巫师说,你看,九嶷山的众神都来欢迎湘夫人,她们簇簇拥拥地象云一样。

《山鬼》:"若有人兮山之阿,被薜荔兮带女萝"。

——巫师说,你看,仿佛有人经过深山谷坳,身披薜荔啊腰束女萝。

2. 以下是由巫表演的神以旁观者的口气来指认巫:

《东君》:"鸣篪兮吹竽,思灵保兮贤姱"。

——神灵说,你看,奏起竹篪啊吹起竽,这些灵保啊都是贤男靓女。(思、发语,灵保、巫师)

3. 以下是由巫表演的神和巫现场对唱:

《云中君》:"思夫君兮太息,极劳心兮忡忡",《注》:"'君'谓云神";

——思念神君我叹息,忧心忡忡多悲伤。

《云中君》一篇按韵可分为两章,每一章都是神、巫对唱。云神来是为了下雨,以致风调雨顺。所以云神一离去,人们便怅然若失。

此末尾二句,是祭巫对神灵说,你的离去使我多么惆怅和悲伤。

《湘夫人》:"女嬃缤兮并迎,灵之来兮如云。"

——九嶷山的众神都来欢迎湘夫人,她们簇簇拥拥的象云一样。

《湘夫人》是湘水之男神"湘君"和女神"湘夫人"约会,等待湘夫人的来临。主人公为湘君,赞叹湘夫人。巫师扮演男神湘君,此句是巫师即湘君在一旁演唱,说看见众神如云纷纷飘来迎接湘夫人。

巫"一身二任",既是巫也是神,巫与神有时合二而一,有时又一分为二。不知其理,对《九歌》数篇就无法弄清,容易眼花缭乱,莫衷一是。

"巫之一身二任",欣赏和研究楚辞,尤其是《九歌》不可不知。

附录：《管锥编——楚辞洪兴祖补注》第三则

《九歌》（一）巫之一身二任

《东皇太一》："灵偃蹇兮姣服，芳菲菲兮满堂"；《注》："'灵'、谓巫也"；《补注》："古者巫以降神，'灵偃蹇兮姣服'，言神降而托于巫也，下文亦曰'灵连蜷兮既留'。"按洪说甚当。《云中君》："灵连蜷兮既留"，王注："灵'、巫也，楚人名巫为'灵子'"；又："灵皇皇兮既降"，王注："'灵'谓云神也。"是王亦识"灵"之为神而亦为巫，一身而二任者，特未能团辞提挈如洪耳。"灵子"即《东君》"思灵保兮贤姱"之"灵保"，王注"巫也"，洪注并引"诏灵保，召方相"；亦即《诗·小雅·楚茨》之"神保"。《楚茨》以"神"与"神保"通称，《九歌》则"灵"兼巫与神二义；《毛诗》卷论《楚茨》已说其理，所谓"又做师婆又做鬼"。蒋骥《楚辞余论》卷上谓"言'灵'者皆指神，无所谓巫者"，而"灵保"即主祭之"尸"；盖未解此理。故《九歌》中之"吾"、"予"、"我"或为巫之自称，或为灵之自称，要均出于一人之口。如《大司命》："何寿夭兮在予"，《注》："'予'谓司命"；《东君》："抚余马兮安驱"，《注》："'余'谓日也"；即降于巫之神自道。《湘夫人》："闻佳人兮召予"，《注》："'予'、屈原自谓也"；《湘君》："目眇眇兮愁予"，《注》："'予'、屈原自谓也。"；则请神之巫自道，王注误会，此例不少。巫與神又或作当局之对语，或为旁观之指目。《湘夫人》："灵之来兮如云"，《山鬼》："若有人兮山之阿"，巫以旁观口吻称神；《东君》："思灵保兮贤姱"，神以旁观口吻称巫。《云中君》："思夫君兮太息"，《注》："君'谓云神"；《湘君》："君不行兮夷犹"，《注》："'君'谓湘君"；是类亦巫称神。《大司命》："逾空桑兮从汝"，《注》："屈原将诉神，陈己之怨结"；非也，乃巫语神。《山鬼》："子慕予兮善窈窕"，《注》："'子'谓山鬼也"；非也，乃神语巫。作者假神或巫之口吻，以抒一己之胸臆。忽合而一，忽分而二，合为吾我，分相尔彼，而隐约参乎神与巫之离坐离立者，又有屈子在，如玉之烟，如剑之气。胥出一口，宛若多身（monopolylogue），叙述搬演，杂用并施，其法当类后世之"说话"、"说书"。时而巫语称"灵"，时而灵语称"予"，交错以出，《旧约全书》先知诸《书》可以连类。天帝降谕先知，先知传示邦人，一篇之中称"我"者，或即天帝，或即先知：读之尚堪揣摩天人贯注、神我流通之情状。如圣经公会官话译本《阿摩司书》第三章第一节阿摩司告诫云"以色列人哪！你们全家是我从埃及地领上来的，当听耶和华攻击你们的话"；

"我"、耶和华自称也,"当听"云云则阿摩司之言也。又《弥迦书》第二章第七节:"岂可说耶和华的心肠狭窄么?这些事是他所行的么?我耶和华的言语岂不是与行动正直的人有益么?";"他"、弥迦称耶和华也,"我"、耶和华自道也,字下黑点、译者示此三字原文无而译文所增以免误会也。参之《毛诗》卷论《楚茨》所引《汉书·武五子传》载巫降神语,触类隅反,索解《九歌》,或有小补焉。一身两任,双簧独演,后世小说记言亦有之,如《十日谈》中写一男求欢,女默不言,男因代女对而己复答之,同口而异"我",其揆一也。

钱钟书论《九歌》之"与日月兮齐光"

《管锥编——楚辞洪兴祖补注》第四则

《管锥编——楚辞洪兴祖补注》第四则《九歌》（二），副标题为"与日月兮齐光"。

钱钟书此则辨析"与日月兮齐光"这句话的源流。班孟坚、刘勰认为这句话最先出自淮南王，钱钟书认同洪兴祖《补注》，认为这句话最先出自屈原的《楚辞》。

钱钟书此则文短，全录如下：

《云中君》："与日月兮齐光。"按《九章·涉江》亦云："与日月兮齐光。"《史记·屈原、贾生列传》："推此志也，虽与日月争光可也"；洪兴祖于"楚辞卷第一"下《补注》："班孟坚、刘勰皆以为淮南王语，岂太史公取其语以作传乎？"实则淮南王此语，亦正取之《楚辞》，以本地风光，为夫子自道耳。

解读如下：

"与日月兮齐光"这句诗表现了屈原的志向，《云中君》有此句，《涉江》中也有此句。

司马迁《史记·屈原、贾生列传》有言："推此志也，虽与日月争光可也"。

洪兴祖《补注》考订了这句话的源流，他说：班孟坚、刘勰皆以为这句话最先出自淮南王。其实，班、刘之见与实不符。

于是，洪兴祖提出了反问：

"班孟坚、刘勰皆以为淮南王语，岂太史公取其语以作传乎？"

钱钟书认同洪兴祖，并对洪兴祖反问的含义加以解释：

实际的次序是，此句最先出自屈原的《楚辞》，淮南王和司马迁都是取用屈原的。此诗句是屈原的"夫子自道"，屈原自诩其志向、品行、功勋可与日月同辉。木心在《文学回忆录》中说："屈原写诗，一定知道他已永垂不朽"可为参印。

（说明：淮南王即刘安，汉高祖刘邦之孙，淮南厉王刘长之子。十六岁，以长子身份袭封为淮南王。刘安好读书，潜心治国安邦，著书立说，和众门客著成《淮南子》。《淮南子》有《内篇》21 篇、《外篇》33 篇、《道训》2 篇，内容涉及政治学、哲学、伦理学、史学、文学、经济学、物理、化学、天文、地理、农业水利、医学养生等领域，包罗万象。）

附录：《管锥编——楚辞洪兴祖补注》第四则

《九歌》（二）"与日月兮齐光"

《云中君》："与日月兮齐光。"按《九章·涉江》亦云："与日月兮齐光。"《史记·屈原、贾生列传》："推此志也，虽与日月争光可也"；洪兴祖于"楚辞卷第一"下《补注》："班孟坚、刘勰皆以为淮南王语，岂太史公取其语以作传乎？"实则淮南王此语，亦正取之《楚辞》，以本地风光，为夫子自道耳。

钱钟书论《九歌》之"反经失常诸喻"

《管锥编——楚辞洪兴祖补注》第五则

《管锥编——楚辞洪兴祖补注》第五则《九歌》（三），副标题为"反经失常之喻"。

【反经失常之喻】

《湘君》："采薜荔兮水中，搴芙蓉兮木末"；

——想在水中把薜荔摘取，想在树梢把芙蓉花采撷。

屈原《九歌》这两句诗何意？

薜荔是攀援或匍匐灌木，生长在地上，水中绝对没有；芙蓉是荷花，生长在水中，地上绝对没有。池无薜荔，山无芙蓉，因此，想于池中取薜荔，山上采芙蓉是万万办不到的。

钱钟书把办不到说得很艺术，他以诗解诗，拿韦应物《横塘行》"岸上种莲岂得生？池中种槿岂能成？"和元稹《酬乐天》"放鹤在深水，置鱼在高枝"来解读屈原《湘君》这两句诗，说明诗中所言乃不可能之事。

"经"可解为公知、共识，"常"可解为自然、规律。违背公知、共识是"反经"，违背自然、规律，是"失常"。

屈原把"反经失常"之事用以比喻世事颠倒，因此，钱钟书将其称为"反经失常之喻"。

我查阅了修辞学，迄今为止，尚无"反经失常之喻"的阐述和研究。我以为，这是钱钟书的又一新发掘、新贡献。

我以为"反经失常之喻"属于借喻。

大家知道，比喻由本体（被比喻的事物）、喻体（用来打比方的事物）和比喻词（如、像、是等等）构成。姑娘像花儿一样，姑娘是本体，是被比喻的事物，花儿是喻体，是用来打比方的事物。

借喻是比喻的一种，直接借比喻的事物（喻体）来代替被比喻的事物（本体），被比喻的事物和比喻词在句中均不出现。

"反经失常之喻"就是这样一种借喻。

"反经失常之喻"和其它借喻不同的地方在于，用来打比方的喻体不是现实存在的事物和情况，而是现实中不可能出现的事，是人的一种设想。

【屈原"采荔搴芙之喻"的真意】

钱钟书把屈原《湘君》"采薜荔兮水中，搴芙蓉兮木末"这个"反经失常之喻"简称为"采荔搴芙之喻"。

屈原此喻的含义何在呢？

王逸《注》："言己执忠信之行，以事于君，其志不合。"

那么，屈原对他和楚王"其志不合"是怨怪自己呢？还是愤激黑暗的现实呢？

为了更好地理解屈原使用"采荔搴芙之喻"的心意，钱钟书援引了王逸对屈原其它诗中"反经失常之喻"的注解进一步探讨。

其一：

王逸注解《湘夫人》"鸟萃兮蘋中，罾何为兮木上？"：

"夫鸟当集木颠而言草中，罾当在水中而言木上，以喻所愿不得，失其所也。"解尚未的。

——王逸说屈原以"鸟萃兮蘋中，罾何为兮木上？"比喻因小人谗害被免职流放，使自己的抱负和志向无从实现。"喻所愿不得，失其所"更多地是抱怨自己怀才不遇，明珠暗投了。

钱钟书对王逸此解并不满意，指出"解尚未的"。何谓"解尚未的"呢？就是此解释还没有击中靶心，没有把握屈原的真意。

其二：

王逸对屈原另一句诗"麋何食兮庭中？蛟何为兮水裔？"的注解：

"麋当在山林而在庭中，蛟当在深渊而在水涯，以言小人宜在山野而升朝廷，贤者当居尊官而为仆隶"。

王逸这里将屈原诗意解为阮籍所谓"世胄蹑高位，英俊沉下僚"，即小人当道，君子遭弃。意思是，树上开出了荷花，水中生长出树果，世道颠倒了。

钱钟书认为王逸此解"颇悟其旨，惜未通'鸟'、'罾'两句"。即王逸此解应该已领悟到了屈原的心意，可惜王逸没有一以贯之，对《湘夫人》"鸟萃兮苹中，罾何为兮木上？"没有做如此解释。

钱钟书认为，其二所述的王逸注解对屈原心意的把握更准确。屈原已清醒地认识到他的遭遇并不是个人的偶然不幸，而是君王昏聩、社会黑暗的必然结果。换言之，钱钟书认为，屈原"采荔搴芙之喻"等的真意，不是怀才不遇的自怨自艾，而是对小人居高位，君子沉下僚这个黑暗现实的极度愤懑和无情鞭笞。钱钟书认为王逸对"麋何食兮庭中？蛟何为兮水裔？"的注解也适合于"鸟萃兮苹中，罾何为兮木上？"，这才是屈原想表达的真意。

【"反经失常"诸喻】

钱钟书列举了古籍中很多"反经失常之喻"的文例，说明这一修辞手法的普遍性，并顺便提示了它的一些特征。

为了说明"反经失常之喻"，钱钟书不厌其烦地举了很多例子。

1. "西方诗歌"之例

西方诗歌题材有叹"时事大非"、"世界颠倒"一门，荟萃失正背理不可能之怪事，如"人服车而马乘之"，"牛上塔顶"，"赤日变黑"，"驴骑人背"，"牲宰屠夫"之类，以讽世自伤。海涅即有一首，举以头代足行地、牛烹庖人、马乘骑士等为喻。

钱钟书最后关照一句：无异屈子之慨"倒上以为下"耳。

2. "杂家"之例

《太玄经——失》之次八："雌鸣于辰，牝角鱼木

——雌鸡打鸣。牝是无角的，鱼也不会上树。

《更》之次五："童牛角马"

——童牛：无角的牛；角马：长角的马。

王建《独漉歌》："独漉独漉，鼠食猫肉"

——老鼠吃猫肉。

最后关照一句：这些句意和"采荔搴芙之喻"机杼悉合。

3. 情诗之例

《敦煌曲子词——菩萨蛮》："枕前发尽千般愿，要休且待青山烂，水面上

秤槌浮，直待黄河澈底枯。白日参辰现，北斗回南面，休即未能休，且待三更见日头。"

——情侣发誓不可能背叛爱情，就像上述诸事不可能发生一样。

张籍《白头吟》："君恩已去若再返，菖蒲花开月长满"；英国诗人亦咏实命不犹，有情无望，待天堕地裂，好事当成。

——爱情已去，回心转意已无可能；如若回转除非出现那些不可能发生之事，如菖蒲开花，月亮长圆而不缺，天崩地裂等等。

有情之语，是设想不可能之事或许确无可能，情失之言，设想不可能之事或许有可能发生。

4. 史籍之例

《燕丹子》秦王不许太子归，曰："乌头白，马生角，乃可！"

——想让太子回来，除非乌龟的头是白色的，马能生角？

《论衡——感虚》作："日再中，天雨粟，乌白头，马生角，厨门木象生肉足"；

——落日返回中天，天上飘落粟米，乌龟白头，马生角，木雕人像长肉脚。

5. 戏曲之例

英国名剧中霸王云："欲我弭兵，须待天止不运、地升接月"。

——要我收兵，除非天地不再旋转，地球升天与月球拥抱。

元曲《渔樵记》第二折玉天仙嗤朱买臣曰："投到你做官，直等的日头不红，月明带黑，星宿〔目斩〕眼，北斗打呵欠！直等的蛇叫三声狗拽车，蚊子穿着兀刺靴，蚊子戴着烟毡帽，王母娘娘卖饼料！投到你做官，直等的炕点头，人摆尾，老鼠跌脚笑，骆驼上架儿，麻雀抱鹅蛋，木伴歌生娃娃！"

——例多且白话，无需说明。

6. 禅话之例

《宗镜录》说"不可思议"："日出当中夜，花开值九秋"，"红埃飞碧海，白浪涌青岑"；

——半夜出太阳，三九天春花烂漫，碧海里红尘滚滚，青山上白浪滔天。

《五灯会元》："木鸡衔卵走，燕雀乘虎飞"；"秤锤井底忽然浮，老鼠多年变作牛"。

——木制的鸡衔蛋而走，燕雀骑着老虎飞奔，秤砣从井底漂浮上来，老鼠多年变成水牛。

《大般涅槃经》："毕竟无，如龟毛兔角"。

——乌龟身上生毛，兔子头上长角。

古籍中"反经失常之喻"绝不是个别现象，是比喻大家族的一朵奇葩，但至今没有进入修辞学大殿。钱钟书的发掘、研究，是对优秀传统文化的贡献，值得我们认真学习并光大。

附录：《管锥编——楚辞洪兴祖补注》第五则

《九歌》（三）反经失常诸喻

《湘君》："采薜荔兮水中，搴芙蓉兮木末"；《注》："言己执忠信之行，以事于君，其志不合。"按所谓"左科"，详见《焦氏易林》卷论《小畜》。盖池无薜荔，山无芙蓉，《注》云"固不可得"者是，正如韦应物《横塘行》所谓："岸上种莲岂得生？池中种槿岂能成？。或元稹《酬乐天》所谓："放鹤在深水，置鱼在高枝。"《湘夫人》："鸟萃兮苹中，罾何为兮木上？"；《注》："夫鸟当集木颠而言草中，罾当在水中而言木上，以喻所愿不得，失其所也。"解尚未的。夫鸟当集木，罾当在水，正似薜荔生于山，芙蓉出乎水也；今乃一反常经，集木者居藻，在水者挂树，咄咄怪事，故惊诘"何为？"。与下文"麋何食兮庭中？蛟何为兮水裔？"相贯。采荔搴芙之喻尚涵自艾，谓己营求之误，此则迳叹世事反经失常，意更危苦。王注"麋"、"蛟"二句云："麋当在山林而在庭中，蛟当在深渊而在水涯，以言小人宜在山野而升朝廷，贤者当居尊官而为仆隶"；颇悟其旨，惜未通之于"鸟"、"罾"两句。《卜居》："世溷浊而不清，蝉翼为重，千钧为轻"；《怀沙》："变白以为黑兮，倒上以为下"；错乱颠倒之象，寓感全同。西方诗歌题材有叹"时事大非"、"世界颠倒"一门，荟萃失正背理不可能之怪事，如"人服车而马乘之"（horses ride in a coach, men draw it），"牛上塔顶"、"赤日变黑"，"驴骑人背"，"牲宰屠夫"之类，以讽世自伤。海涅即有一首，举以头代足行地、牛烹庖人、马乘骑士等为喻；无异屈子之慨"倒上以为下"耳。

〔增订四〕当世有写中世纪疑案一侦探名著，中述基督教两僧侣诤论，列举"世界颠倒"诸怪状，如天在地下、熊飞逐鹰、驴弹琴、海失火等等。一僧谓图绘或谈说尔许不经异常之事，既资嬉笑，亦助教诫，足以讽世砭俗，诱人弃邪归善；一僧谓此类构想不啻污蔑造物主之神工天运，背反正道，异端侮圣。

盖刺乱者所以止乱，而亦或可以助乱，如《法言·吾子》所云"讽"而不免于"劝"者。谓二人各明一义也可。

　　贾生吊屈之"方正倒植"云云，本出祖构，姑置不论。他如《太玄经·失》之次八："雌鸣于辰，牝角鱼木；测曰：雌鸣于辰，厥正反也"，范望《解》："《尚书》曰：'牝鸡无晨'，此之谓也；牝宜童而角，鱼宜水而木，……失之甚也！"（参观《更》之次五："童牛角马，不今不古；测曰：童牛角马，变天常也"）；或王建《独漉歌》："独漉独漉，鼠食猫肉"；机杼悉合。情诗中男女盟誓，又每以不可能之事示心志之坚挚（参观《毛诗》卷论《行露》），如《敦煌曲子词·菩萨蛮》："枕前发尽千般愿，要休且待青山烂，水面上秤锤浮，直待黄河彻底枯。白日参辰现，北斗回南面，休即未能休，且待三更见日头。"

　　〔增订四〕黄遵宪《日本杂事诗》一〇七首"弹尽三弦诉可怜"云云，自注："旧有谣曰：'倡家妇，若有情，月尾三十见月明，团团鸡卵成方形。'"正取"不可能事物"为喻。黄氏笔妙，译词俨若吾国古谣谚矣。

　　此亦西方情诗中套语。彭斯（Burns）名什（"O my Love's like a red, red rose"），苏曼殊译为《颖颖赤墙靡》者，即云："沧海会流枯，顽石烂炎熹，微命属如丝，相爱无绝期"（Till a' the seas gang dry, my dear, /And the rocks melt wi' the sun）；拜伦尝厌其滥恶，排调尽致。作者或与故为新，从反面著笔，如张籍《白头吟》："君恩已去若再返，菖蒲花开月长满"；英国诗人亦咏实命不犹，有情无望，待天堕地裂，好事当成（unless the giddy heaven fall, /And earth some new convulsion tear）。一欲不可能之确无可能，一冀不可能之或有可能，因同见异。情人正缘知其事之不可能，故取以赌咒；至于"世界颠倒"，则向谓为不可能者竟尔可能，"千钧"居然轻于"蝉翼"而得泛泛"水面"矣。《史记·刺客列传》"亡归燕"句下《正义》及"太史公曰"句下《索隐》、《正义》皆引《燕丹子》秦王不许太子归，曰："乌头白，马生角，乃可！"，《论衡·感虚》作："日再中，天雨粟，乌白头，马生角，厨门木象生肉足"；《元秘史》卷二脱朵延吉儿帖不从老人谏云："深水干了，明石碎了，不从他劝"；英国名剧中霸王云："欲我弭兵，须待天止不运、地升接月"（When heaven shall cease to move on both the poles, /And when the ground, whereon my soldiers march, /Shall rise aloft and touch the horned moon）。枭忍之心与旖旎之情，阳刚阴柔虽殊，而专固之致则一，故取譬如出一辙；苟以"乌头白"、"明石碎"等为《子夜》、《读曲》之什，无不可也。元曲《渔樵记》第二折玉天仙嗤朱买臣曰："投到你做官，直等的日头不红，月明带黑，星宿折（加目旁）眼，北斗打呵欠！直等的蛇叫三声狗拽车，蚊子穿着兀刺靴，蚁子戴着烟毡帽，王母娘娘卖饼料！投到你做官，直等的炕点头，人摆尾，老鼠跌脚笑，骆驼上架儿，麻雀抱鹅蛋，木伴歌生娃娃！"事均不可能，而儿女要盟用以喁喁软语者，夫妇勃谿乃用以申申恶詈焉。正犹世界颠倒之象，志士如屈子、贾生所以寄寓悲愤，而笑林却用为解颐捧腹之资耳。如《太平广记》卷二五八引《朝野佥载》嘲权龙襄诗："明月昼耀，严霜夜起"；《北宫词纪外集》卷二《商调梧叶儿·嘲人说谎》："东村里鸡生凤，南庄上马变牛，……瓦垄上宜栽树，阳沟里好驾舟"；相传《荒唐诗》："极目遥听欸乃歌，耳中忽见片帆过，鲤鱼飞到树枝上，波面何人跨黑骡？"又"竹鞋芒杖快遨游，一叶扁舟岭上浮，长笛数声天欲睡，有人骑犬上高楼"；吾乡儿歌有："亮月白叮当，贼来偷酱缸；瞎子看见了，哑子喊出来，聋声听见了，蹩脚赶上去，折手捉住了！"；西方成人戏稚手，亦谓曾目击石磨与铁砧浮河面、船张帆行山头、牛卧高屋瓦上、一兔疾走，盲人睹之，瘸人大呼；跛足追奔捕得。磨砧泛河与秤槌浮水、牛卧屋顶与牛升塔颠，皆无以异；"鲤鱼飞上枝"又肖《五代史补》卷二载江南童谣"东海鲤鱼飞上天"。而忽谐忽庄，或嬉笑，或怒骂，又比喻有两柄之例矣。禅宗公案，伐材利用。如《宗镜绿》卷二五、卷四一说"不可思议"："日出当中夜，花开值九秋"，"红埃飞碧海，白浪涌青岑"；《五灯会元》卷九韶州灵瑞答俗士："木鸡衔卵走，燕雀乘虎飞，潭中鱼不见，石女却生儿"；卷一〇僧问："古德有言：'井底红尘生，山头波浪起'，未审此意如何？"光庆遇安答："古今相承，皆云：'尘生井底，浪起山头，结子空花，生儿石女'；卷一一风穴延沼："木鸡啼子夜，刍狗吠天明"；卷一二昙颖达观："秤锤井底忽然浮，老鼠多年变作牛"，又道吾悟真："三面狸奴脚踏月，两头白牯手拏烟，戴冠碧兔立庭柏，脱壳乌龟飞上天"；

〔增订三〕《五灯会元》卷一六天衣义怀章次："无手人能行拳，无舌人解言语。忽然无手人打无舌人，无舌人道个甚至？"卷一九杨歧方会章次："须弥顶上浪滔天，大海洋里遭火爇。"

余不具举。释典常以"龟毛兔角"为事物必无者之例，如《大般涅槃经·憍陈如品》第二五之一论"世间四种名之为'无'，其四曰："毕竟无，如龟毛兔角"。禅宗始以此类话头为参悟之接引，所谓"其上更无意义，只是一个呆守法，麻了心，恰似打一个失落一般"（《朱子语类》卷一二四、一二六），"一则半则胡言汉语，觑来觑去，绽些光景"（大慧《正法眼藏》吴潜《序》）。尝试论之，《庄子·天下》篇斥惠施"其道舛驳，其言也不中"，罗列其诡辩诸例。治名墨之学者，自别有说；而作词令观，乃"不可能"、"世界颠倒"之类，"其言也不中"亦即"胡言汉语"而已。如"天与地卑"、"山与泽平"之于"山无陵、天地合"，"埃飞碧海、浪涌青岑"；"卵有毛"，"鸡三足"、"犬为羊"、"丁子有尾"之于"乌头白、马生角"、"龟毛兔角"、"三面狸奴，两头白牯"，"鼠变牛"、"人摆尾"；波澜莫二。此皆事物之不可能（physical impossibility），与实相乖，荒唐悠谬也。如"今日适越而昔来"、"狗非犬"、"白狗黑"等，乃更进而兼名理之不可能（1ogical impossibi1ity），自语不贯，龃龉矛盾矣。前者发为文章，法语戏言，无施不可，所引《九章》以下，各有其例。后者只资诙谐，如方以智《药地炮庄》卷七《徐无鬼》："既谓'夜半无人'，又谁为斗？既谓'不离岑'，又谁在舟中，怨又何处造乎？此何异'空手把锄头，步行又骑水牛'哉？"（二语出傅大士《颂》，见《五灯会元》卷二）；《咄咄夫增补一夕话》卷六《未之有也》诗："一树黄梅个个青，响雷落雨满天星；三个和尚四方坐，不言不语口念经"；或英国旧谐剧（burlesque）排场（prologue）云："请诸君兀立以安坐，看今昼之夜场戏文"（You who stand sitting still to hear our play, /Which we tonight present you here today），以及所谓"爱尔兰无理语"（Irish bufll）与小儿"纠绕语"（tangle-talk）。启颜捧腹，斯焉取斯。言情诗歌多"方正倒植"、"毕竟无"、"未之有也"之喻，谈艺者所熟知，然未尝触类而观其汇通，故疏凿钩连，聊著修词之道一贯而用万殊尔。

钱钟书论《九歌》之"司命"

《管锥编——楚辞洪兴祖补注》第六则

《管锥编——楚辞洪兴祖补注》第六则《九歌》(四),副标题为"司命"。

【何谓"司命"】

对"司命"这个词可能会感到生疏,这并不奇怪,因为这实在是远古楚地的一个天神。但不了解这个词也就不能读懂屈原《大司命》,可见,钱钟书谈论它很有必要。

按楚文化,司命是一种地位极高的神,分大司命和少司命,大司命是主管人之生死的男性神,少司命是主管人之子嗣的女性神,大司命、少司命是一对情侣。

【屈原《大司命》】

屈原《大司命》

广开兮天门,纷吾乘兮玄云;

令飘风兮先驱,使涑雨兮洒尘;

君回翔兮以下,踰空桑兮从女;

纷总总兮九州,何寿夭兮在予;

高飞兮安翔,乘清气兮御阴阳;

吾与君兮齐速,导帝之兮九坑;

灵衣兮被被,玉佩兮陆离;

一阴兮一阳,众莫知兮余所为;

折疏麻兮瑶华,将以遗兮离居;

老冉冉兮既极，不寖近兮愈疏；

乘龙兮辚辚，高驰兮冲天；

结桂枝兮延伫，羌愈思兮愁人；

愁人兮奈何，愿若今兮无亏；

固人命兮有当，孰离合兮何为？

屈原《大司命》是祭神歌舞辞，祭祀时由男巫饰大司命，由女巫扮少司命迎神，其唱词由男巫和女巫轮番演唱。从歌辞中可以看到，大司命高高在上，呼风唤雨，自命不凡，而迎神女巫却对他表现出一厢情愿的热爱与追求，同时也流露出追求不得的无可奈何。

兹翻译并分段呈现如下：

大司命唱：

天门啊大开，我驾着一团团的黑云飘来。

命令旋风在前面开路，指使暴雨洗净空中的尘埃。

少司命唱：

大司命啊你从天而降，我跨越空桑山追寻您的足迹。

大司命唱：

纷纷扰扰啊九州众生，你们生死大权何以掌握在我的手心？

高高升腾呀缓缓流淌，乘着天地清气啊驾驭着阴阳的变化。

我与您啊并驾齐驱，带你到九冈山去。

云彩的衣裳缓缓飘动，腰间的玉佩叮当悦耳。

万物自有阴阳生成之理，谁也不知道我欲何为。

少司命唱：

折下茎断丝连的疏麻白花，将它赠给离居者聊表思念。

老暮之年已渐渐地来到，不能再亲近反而更加疏远。

你驾起龙来云车隆隆，高高地奔驰冲向天空。

我编结着桂树枝条远望，为什么越思念越忧心忡忡。

令人忧愁的思绪摆脱不清，但愿像今天这样不失礼敬。

人的寿命本来就各有短长，谁又能消除悲欢离合之恨？

【《大司命》诗中之"予""余""吾"均为"大司命"】

《大司命》："纷总总兮九州，何寿夭兮在予"；

——九州之民，何其众多，为何他们的寿长或命短全掌握在我的手中？

《注》："予'谓司命。言普天之下，九州之民诚甚众多，其寿考夭折，皆自施行所致，天诛加之，不在于我也"；

《补注》："此言九州之大，生民之众，或寿或夭，何以皆在于我，以我为司命故也。"

在此，王逸《注》和洪兴祖《补注》均释"予"为"大司命"。

而王逸对《大司命》另一句诗中"余"字的指代却出现了误判。

下文"一阴兮一阳，众莫知兮余所为"

《注》谓屈原自言，谬甚！

《补注》正之曰："此言司命。"

钱钟书评点：王逸《注》将"余"字解为屈原自己，错得离谱；而洪兴祖《补注》对王逸错解的纠正，说"余"指司命，遂纠错为正。

一句话，《大司命》诗中"予""余""吾"均为"大司命"。

【王逸《注》之前后不一是"兼言"】

《大司命》："纷总总兮九州，何寿夭兮在予"；

——九州之民，何其众多，为何他们的寿长或命短全掌握在我的手中？

《注》："予'谓司命。言普天之下，九州之民诚甚众多，其寿考夭折，皆自施行所致，天诛加之，不在于我也"；

钱钟书在此提请我们注意，王逸《注》前面说"大司命"管"寿考"、"夭折"两方面，后面却说"天诛加之"，"诛"字只能用于"夭折"，好像前后不对应，其实，这是一种"兼言"修辞，用"诛"字"夭折"意并兼"寿考"意，是"从一而省文"，可参看我文"钱钟书论'修辞兼言之例'"，兹不赘述。

而洪兴祖《补注》"或寿或夭，何以皆在于我？"句的表达则比较圆明，不会出现误解。

【王逸《注》训诂欠妥而义理可取】

《大司命》："纷总总兮九州，何寿夭兮在予"；

——九州之民，何其众多，为何他们的寿长或命短全掌握在我的手中？

《注》："予'谓司命。言普天之下，九州之民诚甚众多，其寿考夭折，皆自施行所致，天诛加之，不在于我也"；

钱钟书对王逸此注的看法是：

然王注"寿夭"句虽失屈子用心，而就其注本文论之，亦尚有意理。

所谓"失屈子用心"是说王逸此注针对《大司命》的诗意来说，并非屈原本意：

"纷总总兮九州，何寿夭兮在予？"

看《大司命》的诗句可见，大司命志得意满，威风凛凛，他唱"纷总总"云云，分明是自炫，而王逸《注》的解读恰恰相反，说大司命态度谦逊，此句唱词表示人的寿夭"不在于我"。

因此，钱钟书认为王逸《注》对"纷总总"这句诗的训诂不合"屈子用心"。

所谓"尚有意理"是说：王逸《注》那一段话，作为对屈原心意的理解是错的，但说天神"大司命"不可能掌控九州众民的寿夭，这句话本身却是很有道理的。

换言之，王逸之注对屈原诗意的训诂不对，但是，他认为"大司命"不能决定众生寿命长短的义理是可取的。

天下众生纷纭，"大司命"（老天）是管不了这么多的，钱钟书引苏轼诗和《红楼梦》及古希腊喜剧等相关典籍阐述了这个道理：

天下人多，芸芸总总，各"自施行"，不在司命之与夺，此旨于苏轼《泗州僧伽塔》所云："耕田欲雨刈欲晴，去得顺风来者怨，若使人人祷辄遂，造物应须日千变"，或《红楼梦》第二五回宝钗所嗤："我笑如来佛比人还忙，又要度化众生，又要保佑人家的病痛，又要管人家的婚姻"，亦已如引而不发、明而未融。古希腊喜剧中言天神欲远离人世纠扰，故居至高无上之处（settled up aloft, as high as they can go），不复见下界之交争、闻下界之祷祈；盖多不胜管，遂恝置"不管"矣。

——九州生民如此之众，人的需求又多如牛毛且变换不停，且相互矛盾，纵然有天神"大司命"，"大司命"纵然握有决定人们寿夭之大权，也是管不过来的。

【屈原写作《大司命》的"用心"何在】

钱钟书说王逸对"寿夭"句的注解"失屈子用心"，由此我们想到《大司命》全篇，想到在钱钟书心目中，屈原写《大司命》的"用心"究竟是什么呢？

对此，在钱钟书的札记中找不到现成的答案，这给我们留下了一个悬念和课题，值得探寻，因为这关系到屈原《大司命》的写作意图和中心思想。

屈原《大司命》取材于楚国先民的祭神表演。楚国先民有感于草木的零落和人的衰亡，创造了一个主宰人们寿夭的大司命神，并希望用祭神、娱神来寄托自己长生不老的愿望。屈原在此基础上创作《大司命》肯定不是为了歌颂神、祭奠神，而一定寄意遥深。

钱钟书对王逸《注》持否定的态度，不同意王逸将"纷总总"句解读为大司命说自己不能掌控人们的寿命（钱钟书："王注'寿夭'句虽失屈子用心"），也不同意王逸将"阴阳"句解读为屈原把"大司命"作为屈原自己的化身。（钱钟书："《注》谓屈原自言，谬甚！"）

我以为，在钱钟书心目中，屈原是用"大司命"这一形象来比喻呼风唤雨、自以为是的楚怀王，而用少司命来比喻自己。

《大司命》所描写的大司命和少司命的关系像极了楚怀王和屈原的关系。

楚怀王为君，屈原为臣，君臣二人确实有过一段蜜月期，楚怀王将内政外交托付屈原打理。屈原也不负重托，把楚国治理得风生水起，日益强大。因而，即使后来被小人谗害而流放，依然希望能复亲于君，及年届垂暮，仍念念不忘家国，为生命短暂、无力回天而浩叹，壮志未酬而心不泯。

我们再看《大司命》最后一段少司命的唱词，句句都像是屈原在向楚怀王倾诉自己的心声：

折下茎断丝连的疏麻白花，将它赠给离居者聊表思念。

老暮之年已渐渐地来到，不能再亲近反而更加疏远。

你驾起龙来云车隆隆，高高地奔驰冲向天空。

我编结着桂树枝条远望，为什么越思念越忧心忡忡。

令人忧愁的思绪摆脱不清，但愿像今天这样不失礼敬。

人的寿命本来就各有短长，谁又能消除悲欢离合之恨？

附录：《管锥编——楚辞洪兴祖补注》第六则

《九歌》（四）司命

《大司命》："纷总总兮九州，何寿夭兮在予"；《注》："'予'谓司命。言普天之下，九州之民诚甚众多，其寿考夭折，皆自施行所致，天诛加之，不在于我也"；《补注》："此言九州之大，生民之众，或寿或夭，何以皆在于我，以我为司命故也。"按"诛"仅指"夭折"言，而兼指"寿考"者，孔颖达《左传正义》所谓"从一而省文"，略去"赏"、"锡"字之类，参观《易》卷论《系辞》；不然，则"加"当作厚与解耳。《补注》矫《注》之误解，甚是。下文"壹阴兮壹阳，众莫知兮余所为"，《注》谓屈原自言，谬甚！《补注》正之曰："此言司命。"盖"阴阳"之变、"寿夭"之数，其权皆大司命总持之。苟如"寿夭"句《注》，则大司命乃推诿于主上之庸臣也，而如"阴阳"句《注》，大司命又似荫蔽其亲近之昏君矣！然王注"寿夭"句虽失屈子用心，而就其注本文论之，亦尚有意理。人"自致"寿夭而"天加"诛赏，正《荀子·天论》篇之旨，所谓"天政"者是。天下人多，芸芸总总，各"自施行"，不在司命之与夺，此旨于苏轼《泗州僧伽塔》所云："耕田欲雨刈欲晴，去得顺风来者怨，若使人人祷辄遂，造物应须日千变"，或《红楼梦》第二五回宝钗所嗤："我笑如来佛比人还忙，又要度化众生，又要保佑人家的病痛，又要管人家的婚姻"，亦已如引而不发、明而未融。古希腊喜剧中言天神欲远离人世纠扰，故居至高无上之处（settled up aloft, as high as they can go），不复见下界之交争、闻下界之祷祈；盖多不胜管，遂恝置"不管"矣。

〔增订二〕参观《毛诗正义》卷论《正月》"天不管"。十六世纪德国诗人（Hans Sachs）赋《圣彼得羊》，妙于嘲诙，兹撮述之。圣彼得睹世事不得其平，人多怨苦，乃谏天主曰："皇矣上帝，周知全能，万物之主，奈何万事不理，于下界之呼吁祈求若罔闻乎？"天主曰："吾欲命汝摄吾位一日，汝好为之。"彼得欣然不让。适有贫妪，枯瘠褴褛，纵一羊于野食草，祝曰："乞上帝庇佑，俾勿遭难！"天主语彼得："汝闻此妪之祷矣，胡不垂怜，以昭灵应。"彼得因加意将护此羊，而羊顽劣矫健，上山下谷，驰跃无已时，彼得追逐，罢于奔命，汗出如濯，亟待日落，得息仔肩，天主顾而大笑。盖一羊尚不胜牧，而况牧四海众生哉！故"灵修浩荡，不察民心"，便于工作如王逸所谓"不在于我"，亦省却"日千变"而"比人忙"耳。翩其反尔，则英谚有云："魔鬼是大辛勤人"，"魔鬼最忙于所事"（The Devil is a very hard-working fellow; The Devil is a busy bishop in his own diocese）。万能上帝，游手无为，而万恶魔鬼，鞠躬勇为，此一诗两谚可抵一部有神论者之世界史纲也。

〔增订三〕吾国古说不特谓上帝万事不理，并偶有谓上帝唯恶是务。《诗·生民》："居然生子"句下《正义》："王基曰：'王肃信二龙实生褒姒，不信天帝能生后稷。是谓上帝但能作妖，不能为嘉祥，长于为恶，短于为善。肃之乖戾，此为甚焉！'"西方十八世纪以还，有主"上帝性恶"，"乃恶毒无上天尊"者。王肃"乖戾",于此意引而不发、明而未融耳。举似以补考论吾国宗教家言之阙。

〔增订四〕近人阐释布莱克为《旧约·约伯书》所绘插图,谓画中有"无所事事之上帝"在。

钱钟书论《九歌》之"敌家"

《管锥编——楚辞洪兴祖补注》第七则

　　《管锥编——楚辞洪兴祖补注》第七则《九歌》（五），副标题为"敌家"。此则训诂"敌家"一词。

　　《国殇》："凌余阵兮躐余行，左骖殪兮右刃伤"；

　　意思是，侵犯我阵地啊践踏我队伍，左马已死啊右马又被刀砍伤。

　　钱钟书说，"敌家"是汉代、唐代的古语，现代有的人称"敌方"，有的人称"冤家"，并举例以证。

　　"敌家"即"敌方"之例：

　　1.《孟子·公孙丑》上："虽千万人吾往矣"，东汉赵歧注："虽敌家千万人，我直往突之。"

　　2.《三国志·蜀书·法正传》正与刘璋笺云："敌家则数道并进"

　　3.《魏书·文帝纪》裴注引《典论》云："以单攻复，每为若神，对家不知所出"

　　4.《王基传》基上疏云："今与贼家对敌，当不动如山"

　　钱钟书归结说："对家"、"贼家"均即"敌方"。

　　"敌家"即"冤家"之例：

　　《五灯会元》卷二六祖示洪达偈云："心迷法华转，心悟转法华；诵久不明已，與义作仇家"；

　　钱钟书归结说："仇家"即"怨家"耳。

　　我以为按文章前后关照要求，这最后一句应该写为："仇家"即"冤家"耳，以和前面"敌家"之"今语则分言'敌方'、'冤家'"相对应。虽然"怨家"和"冤家"作为近义词在此相互替代也无问题，但用钱先生一贯严谨的措辞风格来衡量，应该用"冤家"的却用"怨家"，属于尚欠完美。

附录：《管锥编——楚辞洪兴祖补注》第七则

《九歌》（五）敌家

《国殇》："凌余阵兮躐余行，左骖殪兮右刃伤"；《注》："言敌家来侵凌我屯阵，践躐我行伍也。"按《注》"敌家"乃汉、唐古语，今语则分言为"敌方"、"冤家"。

〔增订三〕《孟子·公孙丑》上："虽千万人吾往矣"，东汉赵歧注："虽敌家千万人，我直往突之。"《三国志·蜀书·法正传》正与刘璋笺云："敌家则数道并进"，《魏书·文帝纪》裴注引《典论》云："以单攻复，每为若神，对家不知所出"，又《王基传》基上疏云："今与贼家对敌，当不动如山"；"对家"、"贼家"均即"敌方"。《五灯会元》卷二六祖示洪达偈云："心迷法华转，心悟转法华；诵久不明已，与义作仇家"；"仇家"即"怨家"耳。

钱钟书论《天问》之
"《天问》题妙可以庇诗"

《管锥编——楚辞洪兴祖补注》第八则之一

　　《管锥编——楚辞洪兴祖补注》第八则共论述了三个问题,此为第一个问题:《天问》题妙可以庇诗。

　　钱钟书此则言屈原《天问》诗题高妙但内容平淡,题目和内容并不相称,读后令人失望。

　　失望的原因是《天问》诗题令人惊叹而内容不能与之相匹配。失望的另一个原因,是觉得《天问》没有屈原其他诗那么好。

　　先说题目和内容产生的反差。

　　《天问》这个题目太好,加上王逸、洪兴祖的题解,使得钱钟书对这首诗的期望值太高,但等他实际读这首长诗的时候,觉得不是那么回事,于是期望和实际有了落差,使他怅然若失。

　　王逸对《天问》的题解是这样的。

　　王逸解题:"呵而问之,以渫愤懑,舒泻愁思";《补注》:"天地事物之忧,不可胜穷。……天固不可问,聊以寄吾之意耳。……'知我者其天乎?'此《天问》所为作也。"

　　王逸和洪兴祖告诉读者,《天问》宣泄愤懑、抒发忧思,问天地以寄吾意。

　　钱钟书说,看到王、洪之注后,再读《天问》的人,感到不失望的,还没听说过,而明确表示遗憾的却不乏其人。

按王、洪之评价，《天问》应该有庄子"天其运乎？地其处乎？"之气势，而且，忧思之音当更加深广，愤激之情当更加澎湃。

但钱钟书说，展开诗文，劈头见"遂古之初，谁传道之？"等句乃是探寻往古传说，顿感失望。接着读下去，依然大都是古籍上已有的对天文地理的一些疑问，就是谈到个人忧愤的文字也是蜻蜓点水，刚一涉及就开始煞尾，看不到感情一气冲天，一泻千里的气势。

钱钟书说，他希望看到"放诞如李白之'搔首问青天'也，简傲如孟郊之'欲上千级阁，问天三四言'也；愤郁如王令之'欲作大叹吁向天，穿天作孔恐天怒'也。"

而钱钟书实际看到的却是"太半论前志旧闻，史而不玄。所问如'何阖而晦，何开而明？'（关闭什么门使得天黑？开启什么门使得天亮？）'昆仑县圃，其尻安在？'（昆仑山上的悬圃〔传说昆仑山顶和天相通的地方〕，它的麓尾在哪里？）之类，往往非出于不信，而实出于求知，又异乎《论衡》之欲'别''虚实'、'真伪'。"

显然，屈原写得这些内容是对自然之理的探寻，而根据《天问》诗题和王、洪之注昭示，人们期望读到的应该是问天。应该紧扣主题，问天何以善恶不分，是非颠倒，以致惩善扬恶？！

可惜没有。《天问》所写和《天问》诗题极不相称。

因此，钱钟书对《天问》所写感到"爽然失望"。

再看《天问》内容上的毛病。

钱钟书将屈原所问归类举例如下：

1. 有事理并不难解而发问者：

如"伯禹腹鲧，夫何以变化？"

——大禹从鲧腹中生出，治水之法为何迥异？

这本身就是一个无稽的问题。鲧用堵的方法治水，大禹是鲧的儿子，吸取其父失败的教训改用疏的方法治水有何不可呢？难道儿子一定要因循父亲的错误做法吗？

"舜闵在家，父何以鳏？"之类；

——舜在家里非常仁孝，父亲为何让他独身？

这同样是一个无稽的问题。舜的父亲瞽叟，溺爱后妻之子象，三人合伙多次谋害舜。舜很孝顺，但其父在继母的挑唆下不帮舜成亲有何奇怪呢？

2. 或明知而似故问者。

如"妹嬉何肆？汤何殛焉？"

——妹嬉为何如此恣肆淫虐？商汤怎能将其无情放逐？

妹嬉，夏桀的元妃，为夏桀所宠，后被抛弃，于是与商汤的谋臣伊尹结交，灭了夏桀。妹嬉帮助成汤灭了夏桀，成汤反而流放她，说明成汤为绝后患而忘恩负义，并非完美仁君。

此明知故问。

"何条放致罚，而黎服大悦？"之类。

——桀在鸣条受罚，为何黎民百姓欢欣异常？

夏桀是暴君，商汤打败他并在鸣条这个地方惩罚他，民众自然高兴。

此也是明知故问。

钱钟书说，《天问》之思路常常脉络不清，时有"先后之事倒置、一人之事割裂"的情况，有若王逸所谓"不次序"也。

钱钟书说，"天命反侧，何罚何佑？"两句以下，所问比干、箕子等事，才和《天问》这个诗题较为吻合，但也是浅尝辄止，与《离骚》《九歌》之"伤情"、"哀志"的深沉炽烈相比也不可同日而语。

《史记·屈原、贾生列传》："太史公曰：'余读《离骚》、《天问》、《招魂》、《哀郢》，悲其志"；如果司马迁只读《天问》，未必感觉其"悲"如此浓烈也。

大概王逸、洪兴祖也是因《离骚》诸篇留在脑海中的忧愤印象，先入为主，才把对《离骚》诸篇之爱移分给《天问》了，也就是说，《天问》能得到王、洪如此夸赞，实际上是《离骚》等篇章使它沾了光。

如果就《天问》本篇而论，"不失为考史之珍典"，但从"谈艺衡文"之角度，《天问》之叙事抒情，尚未达到应有的境界和高度。

钱钟书说，《天问》篇中有局促突兀多处，诗中所谓深意，皆因注解者为之疏通证明、代申衷曲，并非作者运用诗句来呈现的。通观屈原之作，前有《离骚》、《九歌》为虎头，后有《九章》、《远游》为豹尾，《天问》介乎其中，难道没有蜂腰之憾吗！

一言以蔽之，《天问》之盛名，一方面叨光其诗题，一方面叨光屈原其余的篇章。

附录：《管锥编——楚辞洪兴祖补注》第八则之一

《天问》（一）《天问》题妙可以庇诗

王逸解题："呵而问之，以渫愤懑，舒泻愁思"；《补注》："天地事物之忧，不可胜穷。……天固不可问，聊以寄吾之意耳。……'知我者其天乎？'此《天问》所为作也。"按观王、洪题解后，读本文而不爽然失望者，未闻其语也，然而窃数见其人矣。钟、谭《古、唐诗归》每有"题佳而诗不称"，"题妙可以庇诗"之评，吾于《天问》窃同此感。

〔增订四〕王世贞《艺苑卮（下为巴）言》卷二："《天问》虽属《离骚》，自是四言之韵。但词旨散漫，事迹惝恍，不可存也。"盖亦不取《天问》之文也。

初睹其题，以为豪气逸思，吞宇宙而诉真宰，殆仿佛《庄子·天运》首节"天其运乎？地其处乎？"云云，且扩而充之，寓哀怨而增唱欺焉。及诵起语曰："遂古之初，谁传道之？"，乃献疑于《补注》所谓'世世所传说往古之事"，非呵指青天而迳问。初不放诞如李白之"搔首问青天"也，简傲如孟郊之"欲上千级阁，问天三四言"也；愤郁如王令之"欲作大叹吁向天，穿天作孔恐天怒"也；而只如《论衡·谈天》之质诘"久远之文、世间是之言"耳。故其文太半论前志旧闻，史而不玄。所问如"何阖而晦，何开而明？""昆仑县圃，其尻安在？"之类，往往非出于不信，而实出于求知，又异乎《论衡》之欲"别""虚实"、"真伪"。尚有事理初无难解而问者，如"伯禹腹鲧，夫何以变化？""舜闵在家，父何以鱞？"之类；或明知而似故问者，如"妹嬉何肆？汤何殛焉？""何条放致罚，而黎服大悦？"之类。杂糅一篇之中，颇失偷脊，不徒先后之事倒置、一人之事割裂，有若王逸所谓"不次序"也。"天命反侧，何罚何佑？"两句以下，所问比干、箕子等事，托古寓慨之意稍著，顾已煞尾弩末，冷淡零星，与《离骚》《九歌》之"伤情"、"哀志"，未许并日而语。《史记·屈原、贾生列传》："太史公曰：'余读《离骚》、《天问》、《招魂》、《哀郢》，悲其志"；苟马迁只读《天问》，恐未必遽"悲"耳。王、洪亦意中有《离骚》诸篇在，先入为主，推爱分润（halo effect）；若就《天问》本篇，则笺释语如"渫愤懑、泻愁思"也，"天地事物之忧不可胜穷"也，皆夸大有失分寸，汗漫不中情实。使无《离骚》，《九歌》等篇，《天问》道"璯诡"之事，均先秦之"世世传说"，独立单行，仍不失为考史之珍典；博古者"事事"求"晓"，且穿穴爬梳而未已。谈艺衡文，固当别论。篇中蹇涩突兀诸处，虽或莫不说寓弘意眇指，如说者所疏通证明；然此犹口吃人期艾不吐，傍人代申衷曲，足征听者之通敏便给，而未得为言者之词达也。《天问》实借《楚辞》他篇以为重，犹月无光而受日以明，亦犹拔茅茹以其汇，异于空依傍、无凭借而一篇跳出者。《离骚》、《九歌》为之先，《九章》、《远游》为之后，介乎其间，得无蜂腰之恨哉！

钱钟书论《天问》之 "以问诘谋篇之诗"

《管锥编——楚辞洪兴祖补注》第八则之二

《管锥编——楚辞洪兴祖补注》第八则共论述了三个问题，此为第二个问题："以问诘谋篇之诗"。

诗文皆需谋篇布局，钱钟书此则介绍以问诘谋篇之诗。

所谓"以问诘谋篇"就是以一系列的质问（疑问、反问）作为脉络和思路来组织诗篇。

钱钟书向我们介绍说，"以问诘谋篇之诗"，先秦诗文中，除了《天问》，还有屈原的《卜居》，还有《管子》的《问》篇。

在钱钟书看来，就情韵而言，和《卜居》比，《天问》立显枯燥；

就意味而言，和《管子——问》比，《天问》立显呆板。

在钱钟书看来，嵇康《卜疑》比屈原《卜居》更有滋味；

《颜氏家训·归心》之《释一》比屈原《天问》也更有滋味。

钱钟书说，从意境和文采衡量，《天问》均不如他提到的那些诗文。钱钟书还说，他的文评正确与否读者"展卷可辨"。

读者诸君，如有兴趣，不妨花些功夫将钱钟书所提诗文找来读一读，和《天问》比较一下。

接着，钱钟书谈论"以问诘谋篇之诗"的源头问题。

魏庆之《诗人玉屑》卷一九引黄玉林云："唐皇甫冉《问李二司直诗》：'门前水流何处？天边树绕谁家？山绝东西多少？朝朝几度云遮？'此盖用屈原《天问》体。荆公《勘会贺兰山主绝句》：'贺兰山上几株松？南北东西共几峰？

买得住来今几日？寻常谁与坐从容？'全用其意。此体甚新。"

黄玉林认为皇甫冉、王安石等"以问诘谋篇之诗"的源头是屈原的《天问》。

钱钟书就此评点道：

黄玉林的做法，颇似造作谱牒，远攀华胄。实未须于五七言诗外别溯。

钱钟书说，黄玉林把上述皇甫冉、王安石二诗归源于《天问》，很像是刻意给"以问诘谋篇之诗"人为地制造一个宗谱，并远攀一个尊贵的祖先。

钱钟书认为，皇甫冉、王安石两篇"以问诘谋篇之诗"其一是六言古风，其一是律绝，如果寻找它们的源头，只需要把目光锁定在五七言内即可，无需外求。

钱钟书将东晋陶渊明五言《赠羊长史》视为"以问诘谋篇之诗"的源头。

如陶潜《赠羊长史》："路若经商山，为我少踌躇。多谢绮与角，精爽今何如？紫芝谁复采？深谷久应芜？"

陶渊明的这首诗的背景：晋安帝义熙十三年（417），东晋大将刘裕北伐胜利后，驻军京都的左将军朱龄石得到捷报后，派遣长史羊松龄前往祝贺。羊长史是陶渊明好友。陶渊明看穿了刘裕急于篡位，无意于完成南北统一大业，写此诗赠给羊长史，规劝他坚守名节，切莫趋炎附势。

这几句，是赠诗主旨所在。诗句可译为：

如果路途经商山，请你为我稍驻足。

多谢商山贤四皓，未知精魂今何如？

紫芝有谁还在采？深谷幽久可荒芜？

到关中去，说不定要经过商山，那正是汉代初年不趋附刘邦的绮、角等"四皓"（四个白首老人）的隐栖之地。陶渊明嘱咐友人经过时稍稍驻足瞻仰。陶渊明说自己很敬仰、怀念绮、角等先人，并向天问诘，未知他们的精魂如今安在？相传他们在辞却刘邦迎聘时曾作《紫芝歌》以宣志，而今，紫芝有谁再采呢？深谷里也大概久乏人迹，芜秽不堪了吧？——多少人已奔竞权势、趋附求荣去了。陶渊明借请友人"为我"驻足祭拜，流露出自己有心追慕"四皓"精魂之志，也劝告友人切勿误入奔竞趋附者的行列。

非具体乎？正不劳遥附《天问》耳。

钱钟书说，要给皇甫冉、王安石二诗寻找问诘谋篇的源头，陶渊明的《赠羊长史》诗不是现成的吗？何必那么辛苦地去攀附《天问》呢。

如果说陶渊明的诗是五七言（含六言）"以问诘谋篇之诗"的源，那么，下面这些诗就是五七言（含六言）"以问诘谋篇之诗"的流。

王绩《在京思故园见乡人问》截去首尾，中间自"衰宗多弟侄，若个赏池台？"至"院果谁先熟，林花那后开？"

——《在京思故园见乡人问》诗共有十二句是诘问，蔚为大观。

陈傅良《止斋文集》卷二《怀石天民》中间"君貌今何如？孰与我老苍？"至"末乃及田舍，何有还何亡？"

——《怀石天民》诗中间共有十八句，全是诘问，仿拟王绩诗而稍有变化。

朱熹《朱文公集》卷四《答王无功〈在京思故园见乡人问〉》逐问随答，又不啻柳宗元之《天对》矣。

——朱熹上诗，一问一答，犹如柳宗元针对屈原《天问》所作的《天对》，有问必答。

往下，钱钟书还列举了一长串例证。

白居易《梦刘二十八、因诗问之》："但问寝与食，近日复何如？病后能吟否？春来曾醉无？楼台与风景，汝又何如苏？"；

杜牧《张好好诗》："怪我苦何事，少年垂白须？朋游今在否？落拓更能无？"；

李端《逢王泌自东京至》："逢君自乡至，雪涕问田园：几处生乔木？谁家在旧村？"；

贯休《秋寄栖一》："一别一公后，相思时一吁；眼中疮校未？般若偈持无？"；

高九万《舍侄至》："故山坟墓何人守？旧宅园亭几处存？问答恍然如隔世，若非沉醉定销魂"，又卷七严粲《夜投荒店戏成》："唤起吹松火，开门间带嗔：'随行曾有米？同伴几何人？"；

李梦阳《郑生至自泰山》："昨汝登东岳，何峰是极峰？有无丈人石？几许大夫松？"

钱钟书告诉我们，"以问诘谋篇之诗"，有的在诗题上标出，有的在诗句中挑明，机杼有别。

在诗题中标出，如黄玉林所称皇甫冉、王安石两首，诗句不妨径直发问：

皇甫冉诗："门前水流何处？天边树绕谁家？山绝东西多少？朝朝几度云遮？"

王安石诗："贺兰山上几株松？南北东西共几峰？买得住来今几日？寻常

谁与坐从容？"

"问诘"之意在诗题中未标出而在诗句中挑明的，如：

凌云翰《画》之四："问讯南屏隐者：草堂竹树谁栽？昨夜何时雨过？山禽几个飞来？"；

王次回《临行口占为阿锁下酒》："问郎灯市可曾游？可买香丝与玉钩？可有绣帘楼上看，打将瓜子到肩头？"；

宋之问《度大庾岭》："城边问官使：'早晚发西京？来日河桥柳，春条几寸生？昆池水合绿？御苑草应青？缓缓从头说，教人眼暂时。'"

孙枝蔚《喜妻子至江都》之三："纵横置琴瑟，次第问桑麻：曾乞何人米？还存几树花？壁应因雨坏？吏可为租哗？"

在诗题中标出和在诗句中注明，是"以问诘谋篇之诗"的不同做法，可资借鉴。

钱钟书也举例说明，五七言（含六言）"以问诘谋篇之诗"也确有效法《天问》的诗篇，其渊源即《天问》。

钱钟书说，陆龟蒙的一首诗，"六合万汇，无不究诘及之"，颇似远绍屈原的《天问》：

"谁塞行地足？谁抽刺天鬐？谁作河畔草？谁为洞中芝？谁若灵囿鹿？谁犹清庙牺？谁轻如鸿毛？谁密如凝脂？谁比蜀严静？谁方巴宗（下加贝）赟？谁能钓抃鳌？谁能灼神龟？谁背如水火？谁同若埙篪？谁可作梁栋？谁敢去谷蠡？"；

而辛弃疾《木兰花慢·中秋饮酒》自注："用《楚辞·天问》体赋"，更是效法屈原无疑。

附录：《管锥编——楚辞洪兴祖补注》第八则之二

《天问》（二）以诘问谋篇之诗

先秦之文以问诘谋篇者，《楚辞》尚有《卜居》，《管子》亦有《问》篇。明赵用贤刻《管子》，评《问》曰："此篇文法累变而不穷，真天下之奇也！"；良非妄叹。持较《卜居》，则《天问》之问情韵枯燥；持较《问》篇，则《天问》之问词致呆板：均相形而见绌。嵇康《卜疑》仿《卜居》，《颜氏家训·归心》篇《释一》仿《天问》，二篇孰为众作之有滋味者，亦展卷可辨尔。魏庆之《诗人玉屑》卷一九引黄玉林云:"唐皇冉冉《问李二司直诗》:'门前水流何处? 天边树绕谁家? 山绝东西多少? 朝朝几度云遮? '此盖用屈原《天问》体。荆公《勘会贺兰山主绝句》:'贺兰山上几株松? 南北东西共几峰? 买得住来今几日? 寻常谁与坐从容? '全用其意。此体甚新。"颇似造作谱牒,远攀华胄。实未须于五七言诗外别溯。如陶潜《赠羊长史》:"路若经商山,为我少踌躇。多谢绮与角,精爽今何如? 紫芝谁复采? 深谷久应芜? "非具体乎? 正不劳遥附《天问》耳。王绩《在京思故园见乡人问》截去首尾,中间自"衰宗多弟侄,若个赏池台? "至"院果谁先熟,林花那后开? "凡十二句,蔚为钜观。陈傅良《止斋文集》卷二《怀石天民》中间"君貌今何如? 孰与我老苍? "至"末乃及田舍,何有还何亡? "凡十八句,于王诗拟议而稍变化;朱熹《朱文公集》卷四《答王无功〈在京思故园见乡人问〉》逐问随答,又不啻柳宗元之《天对》矣。贯串问语,缀插篇什,厥例更多,如白居易《梦刘二十八、因诗问之》:"但问寝与食,近日复何如? 病后能吟否? 春来曾醉无? 楼台与风景,汝又何如苏? ";杜牧《张好好诗》:"怪我苦何事,少年垂白须? 朋游今在否? 落拓更能无? ";李端《逢王泌自东京至》:"逢君自乡至,雪涕问田园:几处生乔木? 谁家在旧村? ";贯休《秋寄栖一》:"一别一公后,相思时一吁;眼中疮校未? 般若偈持无? ";《中兴群公吟稿》戊集卷四高九万《舍侄至》:"故山坟墓何人守? 旧宅园亭几处存? 问答恍然如隔世,若非沉醉定销魂",又卷七严粲《夜投荒店戏成》:"唤起吹松火,开门间带嗔:'随行曾有米? 同伴几何人? ";李梦阳《郑生至自泰山》:"昨汝登东岳,何峰是极峰? 有无丈人石? 几许大夫松? "尤近体之脍炙人口者。凌云翰《柘轩集》卷一《画》之四:"问讯南屏隐者:草堂竹树谁栽? 昨夜何时雨过? 山禽几个飞来? ";王次回《疑雨集》卷四《临行口占为阿锁下酒》:"问郎灯市可曾游? 可买香丝与玉钩? 可有绣帘楼上看,打将瓜子到肩头? ";黄玉林所称皇甫冉、王安石两首,以"问"、"勘"安置于题中,故诗可迳如梁襄王之"卒然问曰",此两首入诗方"问",机杼又别。若杜牧《杜秋娘诗》:"地尽有何物? 天外复何之? 指何为而捉? 足何为而驰? 耳何为而听? 目何为而窥? ";陆龟蒙《袭美先辈以龟蒙所献五百言,既蒙见和,复示荣唱,再抒鄙怀》:"谁骞行地足? 谁抽刺天鬐? 谁作河畔草? 谁为洞中芝? 谁若灵囿鹿? 谁犹清庙牺? 谁轻如鸿毛? 谁密如凝脂? 谁比蜀严静? 谁方巴宗(下加贝)赀? 谁能钓抃鳌? 谁能灼神龟? 谁背如水火? 谁同若埙篪? 谁可作梁栋? 谁敢去谷蠡? ";六合万汇,无不究诘及之，庶几如黄氏所谓"用屈原《天问》体"者欤。辛弃疾《木兰花慢·中秋饮酒》自注："用《楚辞·天问》体赋"，自不待言。

〔增订四〕《全唐诗外编》第六页宋之问《度大庾岭》："城边问官使：'早晚发西京？来日河桥柳，春条几寸生？昆池水合绿？御苑草应青？缓缓从头说，教人眼暂明。'"孙枝蔚《溉堂前集》卷四《喜妻子至江都》之三"纵横置琴瑟，次第问桑麻：曾乞何人米？还存几树花？壁应因雨坏？吏可为租哗？"

〔增订三〕所睹长短句中此体，私喜朱彝尊《柳梢青》："遵海南耶？我行山路，朝儌非耶？遥望秦台，东观日出，即此山耶？崖光一线云耶？青未了，松耶柏耶？独鸟来时，连峰断处，双髻人耶？"而蔚为巨观，殆莫如万树《贺新凉》："汝到园中否？问葵花向来铺绿，今全红否？种柳塘边应芽发，桃实树冬活否？青笋箨褪苍龙否？手植盆荷钱叶小，已高擎碧玉芳筒否？曾绿遍芳丛否？书笺为寄村翁否？乞文章、茅峰道士，返茅峰否？舍北人家樵苏者，近斫南山松否？隄上路、尚营工否？是处秧青都是浪，我、邻家布谷还同否？曾有雨、有风否？"

《敦煌曲子词·南歌子》第一首："斜影朱帘立，情事共谁亲？"云云，质询如鱼贯珠串，第二首一一解答；《乐府群珠》卷四无名氏《朱履曲》第一首："因甚蓬松鬓髻？"云云，第二首亦有问必对；黄氏而得睹之，必且谓为兼用《天问》与《天对》之体。王绩《春桂问答》第十首为"问春桂：……"，第二首为"春桂答：……"；沈佺期《答魑魅代书寄家人》："魑魅来相问：'君何失帝乡？……抱愁那去国，将老更垂裳？'影答：'余他岁，恩私宦洛阳'"云云，间七句而答六〇句，俱在一篇；则皆黄氏不应不见也。

钱钟书论《天问》之"形与象"

《管锥编——楚辞洪兴祖补注》第八则之三

《管锥编——楚辞洪兴祖补注》第八则共论述了三个问题，此为第三个问题："形与象"。

钱钟书此则训诂何为"形"、何为"象"，阐述"形"和"象"之"互文通用"、"同中有异"及其相对性。

讨论由《天问》的两句诗缘起。

"上下未形，何由考之？……冯翼惟像，何以识之？"；

——天地还没有形成，如何考察呢？……宇宙星云在虚空中旋转，只有像，没有形，如何辨识呢？（冯翼：风。）

《补注》引《淮南子·精神训》而说之曰："古未有天地之时，惟像无形。"

——洪兴祖《补注》：天地没有形成之前，没有"形"，只有"像"。

王逸、洪兴祖都说开天辟地之初"未形惟像"，一团浑沌，没有"形"，只有"像"。

按郭璞《江赋》："类胚浑之未凝，象太极之构天"；《文选》李善注："言云气杳冥，似胚胎浑混，尚未凝结，又象太极之气，欲构天也；《春秋命历序》曰：'冥茎无形，濛鸿萌兆，浑浑混混。'"移释"未形惟像"，至当不易。

祖先关于宇宙形成过程的想象，颇似康德、拉普拉斯根据牛顿力学原理所作的星云假说。郭璞《江赋》说：天体形成之前，就好像胚胎混沌一团尚未形成人形，也好像太极之气，正在形成天体，浑之未凝。《文选》李善注和《春秋命历序》用语不同，意思一样。

钱钟书说，郭璞等言移来注释"未形惟像"，至当不易，意即非常恰当，不可更改。

根据《天问》这两句诗及其后人的注解，"形"和"象"是两码事，"象"似风团、似胚胎，是尚未固定的状况，形成天体之后，方有"形"。

【"形"和"象"之互文通用】

王逸、洪兴祖的注解把"形"和"象"作为两个不同的词来运用，似乎不符合常识。常识把"形"和"像"看成同义词。

钱钟书说："未形"而"唯像"，骤读若自语违反。"

关于天体形成之前的状态，屈原前面说"未形"，后面又说"惟像"，好像自相矛盾。

盖"像"出于"形"，"形"斯见"像"，有"像"安得无"形"？

为什么感觉"未形"而"惟象"自相矛盾，因为在人们的心目中，"形"和"象"一直是同义词，"形"是形状，"像"是样貌，"形"在前，"像"在后，有"形"才有"像"，怎么会有"像"而无"形"呢。（像、通"象"）

今语固合而曰"形像"，古人亦互文通用。

如今人们说"形像"，将"形"和"像"合词就是认为它们是同义词，古人也是将"形"和"象"作为互文而通用：

如《乐记》："在天成像，在地成形"；《老子》四一章："大象无形"；《庄子·庚桑楚》："以有形者象无形者而定矣"；《吕氏春秋·君守》："天无形而万物以成，至精无象而万物以化"；曹植《七启》："譬若画形于无象，造响于无声"；《礼记·月令·正义》："道与大易自然虚无之气，无象不可以形求。"

〔增订二〕《尚书·说命》："乃审厥象，俾以形傍求于天下"，亦互文同训之古例。

钱钟书说，古今大多将"形""象"视为同义词。

【"形"与"象"之同中有异】

钱钟书认为，虽然，古今都将"形"和"象"视为同义词，但是，也不尽然，也有例外。

钱钟书指出：

就《天问》此数语窥之，窃谓"形与象未可概同"。

钱钟书说，他从《天问》那几句诗看出来，"形与象未可概同"。

"未可概同"可以理解为"形"和"象"两个词的意思不是在所有场合都相同，或者说，不是完全相同，而是同中有异。

钱钟书辨析了"形"和"象"的同中之异：

《邓析子·无厚》篇："故见其象，致其形；循其理，正其名；得其端，知其情"；"名"为"理"之表识，"端"为"情"（事）之几微，"象"亦不如"形"之著明，语意了然。

物不论轻清、重浊，固即象即形，然始事之雏形与终事之定形，划然有别。"形"者，完成之定状；"象"者，未定形前沿革之暂貌。

在钱钟书看来，"形""象"都是事物可以看见的某种状态和样貌，所不同的是，"象"是未定型前的暂貌，"形"是已完成后的定状，"象"处变化之端，"形"处变化之尾，前者几微，后者显著。如胚胎之初称受孕，有"象"而未"形"，及腹内呈现胎儿才有"形"。未雕琢之宝石是"璞"，有"象"而未"形"，雕琢成宝玉后才有"形"。

简言之，暂貌为"象"，定状为"形"。

【"形""象"概念的相对性】

在论述了"形"和"象"的区别之后，又开始论述"形"和"象"概念的相对性。比如，江河相对于小溪可称大，相对于海洋只能称小了。高下、长短、大小等等都是相对的，这就是概念的相对性。"形"、"象"也是相对的。

盖"形"可名，非常名。

对同一事物，站在某种角度被看作"形"，而站在另一种角度有可能被视为"象"。

春来花鸟，具"形"之天然物色也，而性癖耽吟者仅目为"诗料"；及其吟安佳句，具"形"之词章也，

——春天的花鸟，对观赏者而言，是有"形"的，而对吟诗而尚未成章的人来说，花鸟仅为"诗料"，它们只是"象"（素材），亟待诗句吟定成章后，花鸟在诗中方成"形"。

而画家以为"诗中有画"之题，作者以为驱使点化之资，谈者以为赏析评述之本；

——花鸟对于画家而言，它们是绘画的素材——"象"，亟待画作完成，方才成"形"。

后之视今，犹今之视昔，相"形"而为"像"。笔削以成史传，已自具"形"矣；增损史传以成小说，则小说乃"形"，史传"惟象"耳；

——过去发生的事写成史传，如《三国志》，就史传而言，已经成"形"

了，但罗贯中把《三国志》增损成小说《三国演义》，站在小说的角度，《三国演义》为"形"，《三国志》为"象"。

复改编小说而成戏剧，则小说"惟象"，而"形"又属诸戏剧焉。

——如今将《三国演义》拍成电视连续剧，则《三国演义》电视剧为"形"，《三国演义》小说为"象"了。

终"象"为"形"，初"形"为"象"，如定稿称"文"，而未定之文只命"稿"。

概括言之，暂貌为"象"，定状为"形"，称"象"称形，应视情而定，具体问题具体分析。

附录：《管锥编——楚辞洪兴祖补注》第八则之三

《天问》（三）形与象

"上下未形，何由考之？……冯翼惟像，何以识之？"；〈补注〉引《淮南子·精神训》而说之曰："古未有天地之时，惟像无形。"按郭璞《江赋》："类胚浑之未凝，象太极之构天"；《文选》李善注："言云气杳冥，似胚胎浑混，尚未凝结，又象太极之气，欲构天也；《春秋命历序》曰：'冥茎无形，濛鸿萌兆，浑浑混混。'"移释。未形惟像"，至当不易。"未形"而"唯像"，骤读若自语违反。盖"像"出于"形"，"形"斯见"像"，有"像"安得无"形"？今语固合而曰"形像"，古人亦互文通用，如《乐记》："在天成像，在地成形"；《老子》四一章："大象无形"；《庄子·庚桑楚》："以有形者象无形者而定矣"；《吕氏春秋·君守》："天无形而万物以成，至精无象而万物以化"；曹植《七启》："譬若画形于无象，造响于无声"；《礼记·月令·正义》："道与大易自然虚无之气，无象不可以形求。"

〔增订二〕《尚书·说命》："乃审厥象，俾以形傍求于天下"，亦互文同训之古例。

夫苟呈其象，则必具此形，无形而有象，殆类"丁子有尾"欤？就《天问》此数语窥之，窃谓形与象未可概同。《邓析子·无厚》篇："故见其象，致其形；循其理，正其名；得其端，知其情"；"名"为"理"之表识，"端"为"情"（事）之几微，"象"亦不如"形"之著明，语意了然。物不论轻清、重浊，固即象即形，然始事之雏形与终事之定形，划然有别。"形"者，完成之定状；

"象"者,未定形前沿革之暂貌。积砖如阜,比材如栌,未始非形也;追版筑经营,已成屋宇,则其特起高骧,洞开交映者为形,而如阜如栌者不足语于形矣。未理之璞,方棱圆浑,自各赋形,然必玉琢为器,方许其成形焉。天地肇造,若是班乎。

〔增订三〕《鹖冠子·环流》:"有意而有图,有图而有名,有名而有形",陆佃注"有图"曰:"可以象矣。"是亦"象"先而"形"后之例也。

故圣·奥古斯丁阐释《创世纪》所言未有天地时之混沌,亦谓有质无形,乃物质之可成形而未具形者;后世诗人赋此曰:"有物未形,先天地生"。正所谓"惟像无形"尔。元气胚胎,如玉之璞,乾坤判奠,如玉为器;故自清浊分明之天地而观浑沦芒漠之元气,则犹未成"形",惟能有"象"。苟由璞而回溯其蕴于石中,由砖若材而反顾未煅之土与未伐之林,则璞也、砖也、材也三者均得为成"形",而石也、土也、林也胥"未形"之"惟像"矣。终"象"为"形",初"形"为"象",如定稿称"文",而未定之文只命"稿"。亚理士多德论"自然"(nature)有五义,其四为"相形之下,尚未成形之原料"(the primary material relatively unshaped),其五为"止境归宿之形"(the end of the process of becoming, the form);席勒谈艺谓:"已成器定形之品物亦只是素料朴材,可供意匠心裁"。

〔增订四〕德国神秘宗师爱克哈特论神工,以"自无成有"之"创造"别于"由浑至画"之"经营"(He carefull distinguishes between "creation and organisation", creating from nothing and the ordering of existing material.)。

盖"形"可名,非常名。春来花鸟,具"形"之天然物色也,而性癖耽吟者仅目为"诗料";及其吟安佳句,具"形"之词章也,而画家以为"诗中有画"之题,作者以为驱使点化之资,谈者以为赏析评述之本;后之视今,犹今之视昔,相"形"而为"像"。笔削以成史传,已自具"形"矣;增损史传以成小说,则小说乃"形",史传"惟象"耳;复改编小说而成戏剧,则小说"惟象",而"形"又属诸戏剧焉。翩其反而,史家谋野有获,小说戏剧,悉归"史料",则其章回唱白即亦"惟象",须成史方得为具"形"。"形"乎"象"乎,直所从言之异路而已。《文子·道原》:"已雕已琢,还复于朴";窃谓苟易下句作"亦复为朴",八字便道出斯意矣。"胡维嗜不同味而快餐饱"按别详《毛诗》卷论《汝坟》。

钱钟书论《九章》之"写景"

《管锥编——楚辞洪兴祖补注》第九则

《管锥编——楚辞洪兴祖补注》第九则《九章》（一），副标题为《写景》。

钱钟书认为《九章》开创了后世诗文写景之先河。

《涉江》："入溆浦余僔徊兮，迷不知吾所如。深林杳以冥冥兮，猿狖之所居。山峻高以蔽日兮，下幽晦以多雨。"

按《九歌·湘夫人》："袅袅兮秋风，洞庭波兮木叶下，白蘋兮骋望"；

《九章·悲回风》："凭昆仑以瞰雾兮，隐收（左为山）山以清江，惮涌湍之磕磕兮，听波声之汹汹。……悲霜雪之俱下兮，听潮水之相击。"

皆开后世诗文写景法门，先秦绝无仅有。

屈原以上写景之诗好吗？极好！

钱钟书称其"开后世诗文写景法门"。显然说它是范本，可以效法。

先看文评鼻祖们对屈原写景诗的赞赏：

《文心雕龙·辨骚》称其"论山水则循声而得貌"，《物色》又云："然屈平所以能监风骚之情，抑亦江山之助乎？"；恽敬《大云山房文稿》二集卷三《游罗浮山记》云："《三百篇》言山水，古简无余词，至屈左徒肆力写之而后瑰怪之观、远淡之境、幽奥朗润之趣，如遇于心目之间。"皆识曲听真人语也。

刘勰称屈原写景声貌毕现，将其归功于江山之助。

恽敬将《三百篇》和屈原之写景诗对比，称前者"古简无余词"，简净而乏瑰丽，赞后者有"瑰怪之观、远淡之境、幽奥朗润之趣"，由简净而趋于繁富深远。

【"状物"与"写景"之分别】

刘勰、恽敬说屈原写景为何好，是"知其然而不知其所以然"。

钱钟书由此更进一步，揭示了它的"所以然"：

窃谓《三百篇》有"物色"而无景色，涉笔所及，止乎一草、一木、一水、一石，即侔色揣称，亦无以过《九章·橘颂》之"绿叶素荣，曾枝剡棘，圆果搏兮，青黄杂糅。"《楚辞》始解以数物合布局面，类画家所谓结构、位置者，更上一关，由状物进而写景。

钱钟书抓住了问题的关键。

先秦诗文写景限于"一草、一木、一水、一石"等单一景物，屈原则开创性地将众多景物合在一起写，相互映衬。犹如画家作画，因为所状之物众多，需着力经营景物的结构、位置、大小、层次等，以山高月小衬苍天之高远，以帆小树微显江流之浩渺，以数物合构高远、深远之雅致。

钱钟书以为：写一物，尽管穷形尽相，依然是"状物"。

钱钟书强调：以数物合布局面可以相互衬托，相互映发，方为"写景"。

这就是屈原之诗为什么比《三百篇》等先秦诗更加绚丽优美之"所以然"——多物合构为"写景"，单写一物为"状物"。

往下，钱钟书以无形之"风"为例，阐述其作为单一物无法描写，但一经它物相辅助、相映发则焕发千姿百态，使无形难表之"风"声貌毕现，风姿卓然。

朱翌《灊山集》卷一《谢人惠浅滩一字水图》："风本无形不可画，遇水方能显其质；画工画水不画风，水外见风称妙笔"。

《诗·注》云：'风行水上曰漪'；《易》曰：'风行水上涣'；涣然，即有文章也"；苏洵名篇《仲兄郎中字序》畅申"涣"义，有曰："荡乎其无形，飘乎其远来，既往而不知其迹之所存者，是风也，而水实形之"；

风本无形，借水以写风，风貌出彩。此，合数物以写景之妙。

江湜《服敔堂诗录》卷七《彦冲画柳燕》："柳枝西出叶向东，此非画柳实画风；风无本质不上笔，巧借柳枝相形容"；即同刘方平《代春怨》之"庭前时有东风入，杨柳千条尽向西"，又以树形风。

风本无形，借树以写风，风向可晓。此，又合数物以写景之妙。

《湘夫人》之风，既行水面，复著树头，兼借两物，其质愈显。苟得倪瓒简淡之笔，只画二者，别无他物，萧散清空，取境或且在其《秋林图》之上也。

屈原《湘夫人》以水、树二物写风，倘若由倪瓒将此诗意用简淡之笔入画，则一派萧然清空，淡雅之象也。此，也是合数物以写景之妙也。

无形之"风"而外，有形之"塔影"、"月影"亦复如是。

顾翰："塔影卧晴澜，一枝自孤直，轻飔偶荡漾，宛宛千百折"

借微澜以写塔影，孤直如笔之塔影随波荡漾而更显风致，以动显静静更静，以曲衬直直更直。此，更是合数物以写景之妙也。

黄公度："柳梢斜挂月如丸，照水摇摇颇耐看；欲写真容无此镜，不难捉影捕风难"

借水波以写月影，单调孤寂之月影，因水波摇曳而姗姗可爱，而月影虽经摇曳变形却仍不失圆整"如丸"。

以上皆组合之妙，结构之妙。

【"写景"妙能如画】

钱钟书认为，写景乃数物之巧妙组合和结构，可成绝妙图画：

即如《湘夫人》数语，谢庄本之成"洞庭始波，木叶微脱"，为《月赋》中"清质澄辉"之烘托；实则倘付诸六法，便是绝好一幅《秋风图》。

晁补之《鸡肋集》卷三四《捕鱼圆序》称王维"妙于诗，故画意有余"，因引《湘夫人》此数句曰："常忆楚人云云，引物连类，谓便若湖湘在目前"，正谓其堪作山水画本也。

——王维诗画意宛然，屈原《湘夫人》引物连类，湖湘如在目前。王维、屈原写景如画，皆数物、结构之妙也。

吴子良《林下偶谈》卷一亦谓"文字有江湖之思，起于《楚辞》即举"袅袅兮"二句，称"摹想无穷之趣，如在目前"《文选》诸赋有《物色》一门，李善注："有物有文曰色：风虽无正色，然亦有声。

——吴子良赞《湘夫人》"袅袅兮秋风"文字有江湖之思，以数物"构景"之鼻祖也。

《诗·注》云：'风行水上曰漪'；《易》曰：'风行水上涣'；涣然，即有文章也"；颇可通之画理。

苏洵名篇《仲兄郎中字序》畅申"涣"义，有曰："荡乎其无形，飘乎其远来，既往而不知其迹之所存者，是风也，而水实形之"；堪为善注作疏。

——风，来无影去无踪，有水方能显其形。

【写景妙有动态】

唐曹松《南塘暝兴》："风荷摇破扇，波月动连珠。"曰"动连"，即"串"也。更早于苏轼。

——"动连"、"串"、"红皱"——动态。在人们脑海里浮现影像的镜头，犹如风景影视片。涟漪，水波荡漾连绵不断，红皱，犹如风展红旗抖动不停。

顾翰《拜石山房集》卷二《偕竹畦弟泛舟虹桥》："塔影卧晴澜，一枝自孤直，轻飔偶荡漾，宛宛千百折"；黄公度《人境庐诗草》卷三《不忍池晚游诗》之一三："柳梢斜挂月如丸，照水摇摇颇耐看；欲写真容无此镜，不难捉影捕风难。"

——"宛宛千百折"，塔影因微风拂水而动之态也；"摇摇颇耐看"，柳梢挂月照水而动之态也。以上情景在人们的脑海中均如影像之连绵不断。

【"心眼合离"】

钱钟书在论述了写景如画之后，又以"月影"、"塔影"为例论"心眼合离"。

顾翰《拜石山房集》卷二《偕竹畦弟泛舟虹桥》："塔影卧晴澜，一枝自孤直，轻飔偶荡漾，宛宛千百折"；

黄公度《人境庐诗草》卷三《不忍池晚游诗》之一三："柳梢斜挂月如丸，照水摇摇颇耐看；欲写真容无此镜，不难捉影捕风难，"非"捕风"之难，而水中捞月之难，正如卧澜塔影之难写。

何谓"心眼合离"呢？

盖月影随水波摇曳而犹若不失圆整"如丸"，塔影随水波曲折而犹若不失"孤直"如笔，心眼合离，固丹青莫状也

心中"月"圆而"塔"直，眼中"月"碎而"塔"曲。心眼之"离"也。

美国科学哲学家汉森提出"观察渗透着理论"，认为，我们的任何观察都不是纯粹客观的，具有不同知识背景的观察者观察同一事物，会得出不同的观察结果。

科学研究尚且如此，文学描写就更是如此。

因此，同样的景物，不同的人看到后在各自心中一定会呈现不同的景象。

古代诗人常常结伴共游同一个景点，而不同的诗人一定会吟成不同的诗句。

钱钟书说：

"心眼合离"者，眼中实见每为心中成见僭夺，故画家每须眼不为心所翳。

景物对诗人、画家有眼中之见和心中之见,二者往往不同。

诗、画二艺,画只能表现一面,月或碎或圆,塔或曲或直。诗则可兼顾两面,月亦碎亦圆,塔亦曲亦直。诗可兼写眼中之见和心中之见,乃诗之表达优于画之表达也。是以钱钟书称赞诗可以兼有心眼之"合"和"离",而"丹青莫状也"。

眼不为心所翳——眼见是现象,于心知之事实不一也。人们要追求艺术的真实而非生活的真实;文学艺术来源于现实而高于现实也。

附录:《管锥编——楚辞洪兴祖补注》第九则

《九章》(一)写景

《涉江》:"入溆浦余僔徊兮,迷不知吾所如。深林杳以冥冥兮,猿狖之所居。山峻高以蔽日兮,下幽晦以多雨。"按《九歌·湘夫人》:"袅袅兮秋风,洞庭波兮木叶下,白蘋兮骋望";《九章·悲回风》:"凭昆仑以瞰雾兮,隐收(左为山)山以清江,惮涌湍之磕磕兮,听波声之汹汹。……悲霜雪之俱下兮,听潮水之相击。"皆开后世诗文写景法门,先秦绝无仅有。《文心雕龙·辨骚》称其"论山水则循声而得貌",《物色》又云:"然屈平所以能监风骚之情,抑亦江山之助乎?";恽敬《大云山房文稿》二集卷三《游罗浮山记》云:"《三百篇》言山水,古简无余词,至屈左徒肆力写之而后瑰怪之观、远淡之境、幽奥朗润之趣,如遇于心目之间。"皆识曲听真人语也。窃谓《三百篇》有"物色"而无景色,涉笔所及,止乎一草、一木、一水、一石,即侔色揣称,亦无以过《九章·橘颂》之"绿叶素荣,曾枝剡棘,圆果搏兮,青黄杂糅。"《楚辞》始解以数物合布局面,类画家所谓结构、位置者,更上一关,由状物进而写景。即如《湘夫人》数语,谢庄本之成"洞庭始波,木叶微脱",为《月赋》中"清质澄辉"之烘托;实则倘付诸六法,便是绝好一幅《秋风图》。晁补之《鸡肋集》卷三四《捕鱼圆序》称王维"妙于诗,故画意有余",因引《湘夫人》此数句曰:"常忆楚人云云,引物连类,谓便若湖湘在目前",正谓其堪作山水画本也。吴子良《林下偶谈》卷一亦谓"文字有江湖之思,起于《楚辞》即举"袅袅兮"二句,称"摹想无穷之趣,如在目前"《文选》诸赋有《物色》一门,李善注:"有物有文曰色:风虽无正色,然亦有声。《诗·注》云:'风行水上曰漪';《易》曰:'风行水上涣';涣然,自门有文章也";颇可通之画理。苏洵名篇《仲兄郎中字序》畅申"涣"义，有曰："荡乎其无形，飘乎其远来，既往而不知其迹之所存者，是风也，而水实形之"；堪为善注作疏。朱翌《灊山集》卷一《谢人惠浅滩一字水图》："风本无形不可画，遇水方能显其质；画工画水不画风，水外见风称妙笔"；实承苏文之意。江湜《服敔堂诗录》卷七《彦冲画柳燕》："柳枝西出叶向东，此非画柳实画风；风无本质不上笔，巧借柳枝相形容"；即同刘方平《代春怨》之"庭前时有东风入，杨柳千条尽向西"，又以树形风。《湘夫人》之风，既行水面，复著树头，兼借两物，其质愈显。苟得倪瓒简淡之笔，只画二者，别无他物，萧散清空，取境或且在其《秋林图》之上也（参观董其昌《容台别集》卷四、曹培廉编倪瓒《清閟阁集》卷三）。达文齐谓画风时，于枝桠叶翻之外，复须画尘起接天（In addition to showing the bending of the boughs and the inverting of their leaves at the approach of the wind, you should represent the clouds of fine dust mingled with the sky），则风威风力，而非风致风姿矣。

〔增订二〕张问陶《船山诗草》卷一一《冬日即事》之二："云过地无影，沙发风有声"，下句则类达文齐所言画风矣。

顾翰《拜石山房集》卷二《偕竹畦弟泛舟虹桥》："塔影卧晴澜，一枝自孤直，轻飔偶荡漾，宛宛千百折"；黄公度《人境庐诗草》卷三《不忍池晚游诗》之一三："柳梢斜挂月如丸，照水摇摇颇耐看；欲写真容无此镜，不难捉影捕风难，"非"捕风"之难，而水中捞月之难，正如卧澜塔影之难写。盖月影随水波摇曳而犹若不失圆整"如丸"，塔影随水波曲折而犹若不失"孤直"如笔，心眼合离，固丹青莫状也。

〔增订二〕"心眼合离"者，眼中实见每为心中成见僭夺，故画家每须眼不为心所翳。近世法国名小说家（Marcel Prous）写一画师（Elstir）手笔，发挥此意最彻。现象学（Phenomenology）所谓"拆散"（Abbau），实可伦比，特施于致知而非为造艺耳。

苏轼《十月十五日观月黄楼》："山上白云横匹素，水中明月卧浮圆"，下句言波面映月，光影荡漾连绵，层列犹宝塔倒横，正徐元叹《串月诗》所谓："金波激射难可拟，玉塔倒悬聊近似。"纪昀批苏诗于此联曰："落小样！"艳说"串月"者亦未数典及之（参观吴景旭《历代诗话》卷八〇、蔡显《闲渔闲闲绿》卷六、又曹尔堪《南溪词·木兰花令·寄松之》、顾嗣立《间邱诗集》卷三《串月歌》、商盘《质园集·虎邱灯船词》之四、浦起龙《三山老人不是集》卷四《串月词》),抹搬良工心苦矣。

〔增订四〕唐曹松《南塘暝兴》:"风荷摇破扇,波月动连珠。"曰"动连",即"串"也。更早于苏轼。

赵彦端《谒金门》:"波底斜阳红湿",袁去华《谒金门》:"照水斜阳红湿",吴徽《浣溪纱》:"斜阳波底湿微红",同时偶合。赵句最传诵,张端义《贵耳集》卷上引作"红皱",当是意中有苏、顾、黄所摹景象,遂以"皱"易"湿";犹洪迈《夷坚三志》己卷八载曹冲《浪花》:"万里波心谁折得,夕阳影里碎残红","皱"极则"碎"也。曰"皱"曰"碎",言外亦以"水形风"耳。

钱钟书论《九章》之"思与丝"

《管锥编——楚辞洪兴祖补注》第十则

《管锥编——楚辞洪兴祖补注》第十则《九章》（二），副标题为《思与丝》。

【无形之"思"恰似有形之"丝"】

心之功能为思，心之思是连绵相续的。心之思又是无形的，这种无形的连绵相续的状态犹如有形之"丝"，因此，人们常将无形之"思"比作有形之"丝"。

钱钟书说：

人之情思，连绵相续，故常语迳以类似绦索之物名之，"思绪"、"情丝"，是其例也。

钱钟书列举数例，说明古人善于用有形之"丝"形容无形之"思"：

1. 《太平广记》卷四八八元稹《莺莺传》崔氏寄张生"乱丝一绚"，自言："愁绪萦丝，因物达情。"

2. 六朝乐府《华山畿》："腹中如乱丝，愦愦适得去，愁毒已复来"；

3. 《全唐文》卷一八八韦承庆《灵台赋》："繁襟雾合而烟聚，单思针悬而缕续"；

4. 刘允济《经庐岳回望江州望洛川有作》："言泉激为浪，思绪飞成缴"；

5. 皎然《效古》："万丈游丝是妾心，惹蝶萦花乱相续"；

6. 施肩吾《古别离》："三更风作切梦刀，万转愁成系肠线"；

7. 鲍溶《秋怀》："心如缲丝纶，展转多头绪"；

8. 张籍《忆远曲》："离爱如长线，千里系我心"；

9. 又《别段生》："离情两飘断，不异风中丝"；

10. 李商隐《春光》："几时心绪浑无事，得似游丝百尺长"；

11. 司空图《春愁赋》："郁情条以凝睇，袅愁绪以伤年"；

12. 韩偓（或高蟾）《长信宫》："平生心绪无人识，一只金梭万丈丝"；

13. 吴融《情》："依依脉脉两如何，细似轻丝渺似波"；

14. 李后主《蝶恋花》："一寸相思千万缕，人间没个安排处"，又《相见欢》："剪不断，理还乱，是离愁"；

15. 《全唐文》卷七三八沈亚之《为人祭滕者文》："情如茧丝，缭不可央"；

16. 黄庭坚《次韵王稚川客舍》第二首："身如病鹤翅翎短，心似乱丝头绪多。"

17. 以至《小西游记》第三三回不老婆婆有法宝曰"情丝"，可以缚人。

【无形之"思"亦若有形之"波"】

把无形之"思"比作有形之"丝"，与把无形之"思"比作有形之"波"，其理一也，均是化无形为有形，化隐为显也。

钱钟书写道：

"心情与琴丝俪合，组紃成歌"，固亦西方诗人旧说也。又按前引吴融绝句，于"似丝"外复曰"似波"，即《汉书·外戚传》上武帝悼李夫人赋："恩若流波，恒分在心"；徐干《室思》："思君如流水，何有穷已时"；何逊《为衡山侯与妇书》："思等流水，终日不息"，又《野夕答孙郎擢诗》："思君意不穷，长如流水注。"六朝以还，寝成套语。

惟杜甫《江亭》："水流心不竞"，溶心于水，二而一之，颇能与古为新；《子华子·执中》篇："观流水者，与水俱流，其目运而心逝者欤！"可移作读杜心解。

释典如《大乘本生心地观经·观心品》第一〇亦曰："心如流水，念念生灭，于前后世，不暂住故"；《宗镜录》卷七详说"水喻真心"共有"十义"。

以上不是把无形之"思"比作有形之"丝"，而是比作有形之"波"，用来打比方的东西换了，意旨未变。

与此相类似，西方学者将其称为"思想之链"、"观念之线"；詹姆士《心理学》觉得"链"、"串"等字不足以形容心行之连绵不断，转而命名为"意识流"或"思波"，甚为恰当，至今广为沿用。文学大家但丁《神曲》早言"心河"，蒙田挚友作诗亦以思念相联喻于奔流。盖文人体察精微，远胜学者。

【无形之"心结"正如有形之"丝结"】

人的心思往往纷乱复杂，纠缠不清，所谓心乱如麻，形成疙瘩，解不开，此种情形为之"心结"。"心结"是无形的，为了将这种无形得以呈现和把握，人们习惯将其有形化，因此，人们将心结比作丝结。

《哀郢》："心絓结而不解兮，思蹇产而不释"；《注》："心肝悬结、思念诘屈而不可解也。"按《诗·小雅·正月》："心之忧兮，如或结之"，即此"结"字；《曹风·鸤鸠》："心如结矣"，《桧风·素冠》："我心蕴结"，《正义》均释曰："如物之裹结。"《荀子·成相篇》："君子执之心如结"，杨倞注："坚固不解也。"《汉书·景十三王传》中山王胜对曰："今臣心结日久"，又广川王去歌曰："心重结，意不舒"；词旨一律。

【蚕茧之喻的两柄与异边】

人思绪纷繁成"结"，正如蚕吐丝成"茧"。蚕茧之喻有两柄，复有异边。

喻有两柄复有异边，是钱钟书对古文修辞方法的一项重要发现。

所谓"喻之两柄"是指比喻的喻体可以被两个截然相反的本体所使用，形成两个性质相反的比喻，一个比喻为美词，是褒义，另一个比喻为刺词，是贬义。如，"水月"作为喻体可以分别被两个本体用来打比方，一个本体是"至道"，一个本体是"浮世"，这两个本体"至道"和"浮世"即是"水月"这个"喻"的两个"柄"。如果喻之"柄"是至道，说"至道"如"水月"不可捉搦，喻意即是赞叹"道"的奇妙；如果喻之"柄"是人生，说人生如"水月"不可捉搦，喻意则是形容生命的虚妄。前者为褒义，后者为贬义。

这里的情况也如此。钱钟书指出：

但丁诗中以蚕茧喻上帝越世离尘（参观904页），美词也，蒙田文中以蚕茧喻世人师心自蔽，刺词也。斯又一喻之两柄也。

所谓喻之多边（或异边），是说我们用比喻来描写本体，往往不是取用一个事物或现象的全体来作喻体，而只是取用该事物或现象的某一特性或某些方面来作喻体。事物或现象总是一个多特性的集合体，如月亮，圆是它的一个特性，明亮是它的又一个特性。不同的人因眼光不同、心意不同，在做比喻的时候，取用它的某一个特性来作喻体，这某一个特性——圆或明亮就是喻之"边"，圆是月的一个"边"，明亮是月的另一个"边"。

这里的情况也如此。钱钟书指出：

歌德剧本以蚕吐丝作茧喻诗家惨淡经营，则复同喻而边异矣。西语习称"思想之链"、"观念之线"；诗人或咏此念牵引彼念，纠卷而成"思结"，或咏爱恋罗织成"情网"，或咏愁虑缭萦而成"忧茧"，或以释恨放心为弛解摺叠之思绪俾如新嫁娘卸妆散发，更仆难终。（更仆难终：原是孔子回答鲁哀公关于儒行的问话，意思是一下子说不完，要一个一个说就需要很长的时间，即使中间换了人也未必能说完。）

惨淡经营、丝结、情网、忧茧等均是由蚕茧不同特性所引发的联想。

【"纠结"与"组结"】

人的思绪往往不是单线的，而是多线的，所谓头绪纷繁；多线并存就会形成交叉、矛盾等各种情形，造成"打结"。

钱钟书认为，思绪之"结"经过人们的整理会从无序走向有序，他将杂乱无章之"结"称为"纠结"，将经过理顺后形成的有条不紊之"结"称为"组结"。

诗文的形成过程，在某种意义上就是从杂乱无章之"纠结"走向有条不紊之"组结"的过程：

盖欲解纠结，端须组结。愁烦不释，则条理其思，缲缉其念，俾就绪成章，庶几蟠郁心胸者得以排遣，杜甫《至后》所谓"愁极本凭诗遣兴"。不为情感所奴，由其摆播，而作主以御使之。不平之善鸣，当哭之长歌，即"为纕"、"为膺"，化一把辛酸泪为满纸荒唐言，使无绪之缠结，为不紊之编结，因写忧而造艺是矣。

钱钟书写道：

斯意在吾国则始酣畅于《九章》。情思不特纠结而难分解，且可组结而成文章。

《悲回风》："纠思心以为纕兮，编愁苦以为膺"，

——纠合忧思之心作为佩带，编结愁苦之情作为护胸。

《惜诵》："固烦言不可结贻兮，愿陈志而无路"，

——固然一再表白又有谁愿听，想陈述心意又无路可走。

《抽思》："结微情以陈词兮，矫以遗夫美人"，

——我把内心想法和盘托出，把它拿来赠给我的楚王。

《思美人》："媒阻路绝兮，言不可结而诒"，

——媒介之人断绝，道路修阻难行，不能束赠欲诉之言，致此拳拳之意。

陆机《叹逝赋》："幽情发而成绪，滞思叩而兴端"

——隐幽于心的情愫发而为思绪，愁苦凝结经叩发而成诗兴。

综上均把心思比作缠丝，幽情密语难以言表也，诉诸文字时必加以整理，把纠结之"思"转化为"组结"之诗，曲情尽意，细细编织成优美的华章。正如张说《江上愁心赋》所言：

"贯愁肠于巧笔，纺离梦于哀弦"；周密《扫花游》："情丝恨缕，倩回文为织那时愁句"；以文词"贯"愁如珠，以音乐"纺"梦如锦，以回文"织"情与恨，尤"纠愁"、"编思"之遗意与夫极致哉！

附录：《管锥编——楚辞洪兴祖补注》第十则

《九章》（二）思与丝

《哀郢》："心絓结而不解兮，思蹇产而不释"；《注》："心肝悬结、思念诘屈而不可解也。"按《诗·小雅·正月》："心之忧兮，如或结之"，即此"结"字；《曹风·鸤鸠》："心如结矣"，《桧风·素冠》："我心蕴结"，《正义》均释曰："如物之裹结。"《荀子·成相篇》："君子执之心如结"，杨倞注："坚固不解也。"《汉书·景十三王传》中山王胜对曰："今臣心结日久"，又广川王去歌曰："心重结，意不舒"；词旨一律。人之情思，连绵相续，故常语迤以类似绦索之物名之，"思绪"、"情丝"，是其例也。《太平广记》卷四八八元稹《莺莺传》崔氏寄张生"乱丝一绚"，自言："愁绪萦丝，因物达情。"词章警句，如六朝乐府《华山畿》："腹中如乱丝，惯惯适得去，愁毒已复来"；《全唐文》卷一八八韦承庆《灵台赋》："繁襟雾合而烟聚，单思针悬而缕续"；刘允济《经庐岳回望江州望洛川有作》："言泉激为浪，思绪飞成缴"；皎然《效古》："万丈游丝是妾心，惹蝶萦花乱相续"；施肩吾《古别离》："三更风作切梦刀，万转愁成系肠线"；鲍溶《秋怀》："心如缲丝纶，展转多头绪"；张籍《忆远曲》："离爱如长线，千里系我心"，又《别段生》："离情两飘断，不异风中丝"；李商隐《春光》："几时心绪浑无事，得似游丝百尺长"；司空图《春愁赋》："郁情条以凝睇，袅愁绪以伤年"；韩偓（或高蟾）《长信宫》："平生心绪无人识，一只金梭万丈丝"；吴融《情》："依依脉脉两如何，细似轻丝渺似波"；李后主《蝶恋花》："一寸相思千万缕，人间没个安排处"，又《相见欢》："剪不断，理还乱，是离愁"；

〔增订四〕《全唐文》卷七三八沈亚之《为人祭滕者文》："情如茧丝，缭不可央"；黄庭坚《次韵王稚川客舍》第二首："身如病鹤翅翎短，心似乱丝头绪多。"以至《小西游记》第三三回不老婆婆有法宝曰"情丝"，可以缚人。

〔增订二〕释典又有"妄想丝作茧"之喻，常语"作茧自缚"之所出也。刘宋天竺三藏求那跋陀罗译《楞伽经·一切佛语心品》之三："故凡愚妄想，如蚕作茧，以妄想丝自缠缠他，有无相续相计著"；又："譬如彼蚕虫，结网而自缠，愚夫妄想缚，相续不观察"；又同品之四："妄想自缠，如蚕作茧。"后世不独僧书习用，如释延寿《宗镜录·自序》："于无脱法中，自生系缚，如春蚕作茧，似秋蛾赴灯"；词章中亦熟见，如白居易《赴忠州中示舍弟五十韵》："烛蛾谁救护，蚕茧自缠萦"，且寝忘其来历矣。居易《见元九悼亡诗，因以此寄》："人间此病治无药，只有《楞伽》四卷经"，正指宋译；自唐译七卷本流行，四卷本遂微。陈与义《简斋诗集》卷三〇《玉堂僝直》："只应未上归田奏，贪诵《楞伽》四卷经"，用居易旧句恰合。光聪谐《有不为斋随笔》卷丁本《憨山心语》，谓《楞伽经》为《金刚经》所掩，"惟秘馆有之，'归田'去则难求诵'，故陈诗云然。似欠分雪，唐译"《愣伽》七卷经"初不"难求"，未足为不"归田"之藉口也。

〔增订四〕《剑南诗稿》卷七五《茅亭》："读罢《楞伽》四卷经，其余终日在茅亭。"亦沿承香山、简斋句。使如《有不为斋随笔》所解，则放翁"归田"已久，"四卷经"更"难求诵"也。

〔增订三〕"蛾赴灯"、"烛蛾"之喻亦早见释典，如失译人名附秦录《无明罗刹集》卷中："菩萨言：'爱最是大火，能烧种种，处处皆遍。……婴愚堕中，如蛾赴火。'

蒙田亦尝以蚕作茧自缚喻人之逞智生妄，因而锢执成迷。但丁诗中以蚕茧喻上帝越世离尘（参观 904 页），美词也，蒙田文中以蚕茧喻世人师心自蔽，刺词也。斯又一喻之两柄也。歌德剧本以蚕吐丝作茧喻诗家惨淡经营，则复同喻而边异矣（参观 67-69 页）。西语习称"思想之链"、"观念之线"（the chain of thought）；诗人或咏此念牵引彼念，纠卷而成"思结"，或咏爱恋罗织成"情网"，或咏愁虑缭萦而成"忧茧"（knits up the ravell' d sleave of care），或以释恨放心为弛解摺叠之思绪俾如新嫁娘卸妆散发（untie your unfolded thoughts, /And let them dangle loose, as a bride' s hair），更仆难终。斯意在吾国则始酣畅于《九章》。情思不特纠结而难分解，且可组结而成文章。《悲回风》："纠思心以为纕兮，编愁苦以为膺"，《注》："'纠'、戾也，纕、佩带也，编、结也，膺、络胸者也"；又："心鞿羁而不形兮，气缭转而自缔"，《注》："肝胆系结，难解释也：思念紧卷而成结也"，《补注》："'不形'谓中心系结，不见于外也；缔、结不解也"；《惜诵》："固烦言不可结诒兮，愿陈志而无路"，《注》："其言烦多，不可结续"；《抽思》："结微情以陈词兮，矫以遗夫美人"，《注》："结续妙思，作词赋也"；《思美人》："媒阻路绝兮，言不可结而诒"，《注》："秘密之语难传也。"或言纠结，或言组结；牢愁难畔曰"结"，衷曲可申亦曰"结"。胥比心能心所于丝缕缠续；"纠思"、"编愁"；词旨尤深。盖欲解纠结，端须组结。愁烦不释，则条理其思，绦缉其念，俾就绪成章，庶几蟠郁心胸者得以排遣，杜甫《至后》所谓"愁极本凭诗遣兴"。不为情感所奴，由其摆播，而作主以御使之。不平之善鸣，当哭之长歌，即"为纕"、"为膺"，化一把辛酸泪为满纸荒唐言，使无绪之缠结，为不紊之编结，因写忧而造艺是矣。陆机《叹逝赋》："幽情发而成绪，滞思叩而兴端"，又《文赋》："虽杼轴于余怀"，《文选》李善注："以织喻也"；《魏书·祖莹传》："常语人云：'文章须自出机杼'"；取譬相类。《全唐文》卷二二一张说《江上愁心赋》："贯愁肠于巧笔，纺离梦于哀弦"；周密《扫花游》："情丝恨缕，倩回文为织那时愁句"；以文词"贯"愁如珠，以音乐"纺"梦如锦，以回文"织"情与恨，尤"纠愁"、"编思"之遗意与夫极致哉！心情与琴丝俪合，组紃成歌"(consort both heart and lute, and twist a song)，固亦西方诗人旧说也。又按前引吴融绝句，于"似丝"外复曰"似波"，即《汉书·外戚传》上武帝悼李夫人赋："恩若流波，恒兮在心"；徐干《室思》："思君如流水，何有穷已时"；何逊《为衡山侯与妇书》："思等流水，终日不息"，又《野夕答孙郎擢诗》："思君意不穷，长如流水注。"六朝以还，寝成套语。惟杜甫《江亭》："水流心不竞"，溶心于水，二而一之(empathy)，颇能与古为新；《子华子·执中》篇："观流水者，与水俱流，其目运而心逝者欤！"可移作读杜心解。释典如《大乘本生心地观经·观心品》第一〇亦曰："心如流水，念念生灭，于前后世，不暂住故"；《宗镜录》卷七详说"水喻真心"共有"十义"。詹姆士《心理学》谓"链"、"串"等字佥不足以示心行之无缝而泻注（such words as "chain" or "train" does not describe it fitly. It is nothing jointed; it flows)，当命曰"意识流"或"思波"（stream of consciousness or thought)。正名定称，众议翕然。窃谓吾国古籍姑置之，但丁《神曲》早言"心河"，蒙田挚友作诗亦以思念相联喻于奔流。词人体察之精，盖先于学人多多许矣。

钱钟书论《九章》之
"伯乐既没骥焉程"

《管锥编——楚辞洪兴祖补注》第十一则

《管锥编——楚辞洪兴祖补注》第十一则《九章》(三),副标题为"伯乐既没骥焉程"。

钱钟书此则论述"千里马"对"伯乐"的依赖关系。

标题"伯乐既没骥焉程"即屈原《怀沙》:"伯乐既没,骥焉程兮!"句的节选。对此句,洪兴祖《注》曰:"言骐骥不遇伯乐,则无所程量其材力也。"

——骐骥,好马也;好马不遇伯乐,其能量、实力怎么能被发现和衡量,又如何才能发挥出来呢?!

无独有偶。

按《九辩》五:"却骐骥而不乘兮,策驽骀而取路。当世岂无骐骥兮,诚莫之能善御。见执辔者非其人兮,故騙跳而远去";又八:"国有骥而不知兮,焉皇皇而求索。……无伯乐之善相兮,今谁使乎誉之";皆承此意,而词冗味短。

——《九辩》二句,皆言当代岂无千里马哉?!但千里马不遇伯乐,天生我才也枉然也,然词冗意短。

惟"杜甫《天育骠图》:'如今岂无騕褭与骅骝?时无王良、伯乐死即休!'跌宕昭彰,唱叹无尽,工于点化。'"

——杜甫说,当今之世岂无骐骥也,只是如今没有王良、伯乐,可怜骐骥老死而不得用,空怀壮志却郁郁而终,其一生只得默默无闻,不了了之了。岂不哀哉!

杜甫乃满怀经纶与壮志却怀才不遇之志士，因此，其语较洪兴祖《注》和《九辩》二句，善于点化，更深一层，沉郁跌宕，感慨万千。

元稹《八骏图诗》谓苟无神车、神御，"而得是八马，乃破车掣御踬人之乘也"，"车无轮扁斩，辔无王良把，虽有万骏来，谁是敢骑者！"则只言"莫之能善御"，未及"不知"。

韩愈《杂说》四："世有伯乐，然后有千里马。千里马常有，而伯乐不常有。呜呼！其真无马耶？其真不知马也？"，又只言"不知"，以摇曳之调继斩截之词，兼"卓荦为杰"与"纡徐为妍"，后来益复居上。

——元稹只言好马无人能驾驭，而未及"不知"，韩愈着眼"不知"，其文摇曳生姿复斩钉截铁，远胜元稹之见也。

元稹之言浅陋。问题不在于好马能否被驾驭，而在于能否发现好马在何处。

黄庭坚《过平与怀李子先、时在并州》："世上岂无千里马？人间难得九方皋！"尤与韩旨相同，而善使事属对；（九方皋：秦穆公鉴于伯乐年高，请其推荐其下代能相马者，伯乐言下代中无能识骐骥者，推荐了九方皋。其果识好马。）

——黄庭坚与韩旨相同，但更善于援典对仗，律句属对。伯乐对千里马，不合对偶规则；而九方皋对千里马，锱铢相称，就是一联"绝对"了。

容与堂刻《水浒传》第二九回"李秃翁"总评即用韩愈《杂说》语而申明之："故曰：赏鉴有时有，英雄无时无。"语亦简辣。

——"赏鉴有时有，英雄无时无。"即韩愈"千里马常有，而伯乐不常有"也，其语更加简练泼辣。

"伯乐既没骥焉程"。任何时代、任何区域，稀缺的不是千里马，稀缺的是伯乐；伯乐没有了，千里马还能够充分发挥其潜能，一跃千里、大展宏图吗？！

附录：《管锥编——楚辞洪兴祖补注》第十一则

《九章》（三）伯乐既没骥焉程

《怀沙》："伯乐既没，骥焉程兮！"；《注》："言骐骥不遇伯乐，则无所程量其材力也。"按《九辩》五："却骐骥而不乘兮，策驽骀而取路。当世岂无骐骥兮，诚莫之能善御。见执辔者非其人兮，故骗跳而远去"；又八："国有骥而不知兮，焉皇皇而求索。……无伯乐之善相兮，今谁使乎誉之"；皆承此意，而词冗味短。杜甫《天育骠图》："如今岂无騕褭与骅骝？时无王良、伯乐死即休！"跌宕昭彰，唱欢无尽，工于点化。元稹《八骏图诗》谓苟无神车、神御，"而得是八马，乃破车掣御踬人之乘也"，"车无轮扁斩，辔无王良把，虽有万骏来，谁是敢骑者！"则只言"莫之能善御"，未及"不知"。韩愈《杂说》四："世有伯乐，然后有千里马。千里马常有，而伯乐不常有。呜呼！其真无马耶？其真不知马也？"，又只言"不知"，以摇曳之调继斩截之词，兼"卓荦为杰"与"纤徐为妍"，后来益复居上。黄庭坚《过平与怀李子先、时在并州》："世上岂无千里马？人间难得九方皋！"尤与韩旨相同，而善使事属对；史容注《山谷外集》只知引《列子·说符》记九方皋事，大似韩卢逐块矣。

〔增订三〕容与堂刻《水浒传》第二九回"李秃翁"总评即用韩愈《杂说》语而申明之："故曰：赏鉴有时有，英雄无时无。"语亦简辣。

钱钟书论《九章》之"因鸟致辞"

《管锥编——楚辞洪兴祖补注》第十二则

《管锥编——楚辞洪兴祖补注》第十二则《九章》(四),副标题为"因鸟致辞"。

古代通信困难,军队用烽火传军情,老百姓无车船、飞马之利,更无现代的电话、手机、互联网,便想到用鸿雁传书、青鸟传书、飞鸽传书、黄犬传书、鱼传尺素、风筝通信、竹筒传书等,其中托鸿雁等飞鸟传书流播最广,民间流传着凄美的故事:唐朝薛平贵远征,妻子苦守寒窑数十年矢志不移。有一天,她野外挖菜,忽听鸿雁之声,勾起她的思念。动情之中,她请求鸿雁代为传书,苦无笔墨。情急之下,撕下罗裙,咬破指尖,用血和泪写下了一封思念夫君、盼望夫妻早日团圆的书信,让鸿雁捎去。

钱钟书此则介绍并鉴赏古诗文"因鸟致辞",并非局限于托鸟传书,亦推之于见鸟辄动幽思、引发怀念之种种情事。

【"因鸟致辞"的源流】

钱钟书认定屈原的《思美人》:"因归鸟而致辞兮,羌宿高而难当"是"因鸟致辞"的祖构。祖构者,最先用某种方式表达某种情境的开创者,也称源头。

洪兴祖《注》:"思附鸿雁,达中情也。"意思是把心思寄托于鸿雁,以表达自己内心的情愫。

钱钟书说,与《思美人》相类似的有屈原《九辨》"愿寄言夫流星兮,羌倏忽而难当。"刘向《九叹·忧苦》:"三鸟飞以自南兮,览其志而欲北;愿寄言于三鸟兮,去飘疾而不可得";《文选》江淹《杂体诗·李都尉从军》:"袖中有短书,愿寄双飞燕",而后人一致独认《思美人》"因归鸟而致辞兮,羌宿高而难当"是"因鸟致辞"的祖构。

关于"因鸟致辞"的后仿和继波，钱钟书举数例以示。

古风或律诗有：

1. 李白《感兴》之三："裂素持作书，将寄万里怀。……征雁务随阳，又不为我栖"；

2.《敦煌掇琐》一《韩朋赋》："意欲寄书与人，恐人多言，寄书与鸟，鸟恒高飞"；

3. 宋祁《景文集》卷一六《感秋》："莫就离鸿寄归思，离鸿身世更悠悠"；

4. 李商隐《夕阳楼》："欲问孤鸿向何处，不知身世自悠悠"；

5. 姜夔《白石道人诗集》卷上《待千岩》："作笺非无笔，寒雁不肯落。"

长短句（词）有：

1. 黄庭坚《望江东》："灯前写了书无数，算没个人传与；直饶寻得雁分付，又还是秋将暮"；

2. 苏茂一《祝英台近》："归鸿欲到伊行，丁宁须记，写一封书报平安"；

3. 刘克庄《忆秦娥》："梅谢了，塞垣冻解鸿归早；鸿归早，凭伊问讯，大梁遗老"；

4. 吴文英《鹧鸪天》："吴鸿好为传归信，杨柳闾门屋数间"；

5. 宋徽宗《燕山亭》："凭寄离恨重重，这双燕何曾会人言语！"；

6. 岑参《逢入京使》："马上相逢无纸笔，凭君传语报平安。"

文、赋有：

1. 陈琳《止欲赋》："欲语言于玄鸟，玄鸟逝以差池"；

2. 应场《正情赋》："听云雁之翰鸣，察列宿之华辉，……冀腾言以俯首，嗟激迅而难追"。

【"因鸟致辞"需出新意】

钱钟书以为，后世一味沿袭而无变化，终于难逃陈词窠臼。他偏爱新意变化，尤其激赏那些感情更加深婉，表达更加委曲的表达：

1. 陈耀文《花草粹编》卷八引《古今词话》载无名氏《御街行》："霜风渐紧寒侵被，听孤雁声嘹唳。一声声送一声悲，云淡碧天如水。披衣起，告雁儿略住，听我些儿事：'塔儿南畔城儿里，第三个桥儿外，濒河西岸小红楼，门外梧桐雕砌。请教且与，低声飞过，那里有人人无寐"；

呼鸟前来并非托其捎话，而是拜托其路过相思之人时"低声"潜过，免得惊醒未眠人，生怕未眠人因闻雁而转盼自己的音讯，真乃一往深情，体贴入微。

2. 陈达叟《菩萨蛮》："举头忽见衡阳雁，千声字情何限！叵耐薄情夫，一行书也无！泣归香阁恨，和泪掩红粉。待雁却回时，也无书寄伊！"：

雁可传书而未见书来，是以也不传书过去，情深而生恨意，乃别一肚肠，也在情理之中。

3.《阳春白雪》后集卷五蒲察善长《新水令》："……不由我泪盈盈，听长空孤雁声。雁儿我为你暂出门庭，听我叮咛：'自别情人，……相思病即渐成。……一封书与你牢拴定，快疾忙飞过蓼花汀。那人家寝睡长门静，雁儿呀呀叫几声，惊起那人，听说着咱名姓，他自有人相迎。……你与我疾回疾转莫留停。……你必是休辞云淡风力紧，……我这里独守银缸慢慢的等。'"；

催促雁儿急速传信并"疾回疾转"，又担心其延误不能及时回信，"我"且"慢慢的等"，一疾一慢，相反成趣，道尽心曲。

4.《赠猎骑》："凭君莫射南来雁，恐有家书寄远人。"刘克庄《后村大全集》卷一怀）所谓："反畏消息来，寸心复何有！"

战乱频仍，民不聊生，遥隔两地之人，思念对方，又怕听到对方消息，生恐听到变故和不幸。

目睹旧时相识即刻引发相思之情，不惟因鸟，也有因星、因云的，因为它们都是两地所见可寄托情思之物；因鸟致辞，因星致辞，因云致辞，均同一机杼。

《九辩》欲"寄言流星"，后世词章则以云代星，如陶潜《闲情赋》：'托行云以送怀，行云逝而无语"；欧阳修《行云》："行云自亦伤无定，莫就行云托信归"；柳永《卜算子》："纵写得离肠万种，奈归云谁寄。"

我以为，鲁迅先生寓意遥深的诗句"寄意寒星荃不察"是植根并借鉴了上述这些优秀传统文化的。

附录：《管锥编——楚辞洪兴祖补注》第十二则

《九章》（四）思美人

"因归鸟而致辞兮，羌宿高而难当"，《注》："思附鸿雁，达中情也。"按后人多祖此构，而无取于《九辩》八之"愿寄言夫流星兮，羌倏忽而难当。"

刘向《九叹·忧苦》："三鸟飞以自南兮，览其志而欲北；愿寄言于三鸟兮，去飘疾而不可得"；《艺文类聚》卷一八应场《正情赋》："听云雁之翰鸣，察列宿之华辉，……冀腾言以俯首，嗟激迅而难追"；《文选》江淹《杂体诗·李都尉从军》："袖中有短书，愿寄双飞燕"，李善注引陈琳《止欲赋》："欲语言于玄鸟，玄鸟逝以差池"；

〔增订四〕《古文苑》卷四李陵《录别》："有鸟西南飞，熠熠似苍鹰。朝发天北隅，暮宿日南陵。欲寄一言□，托之笺彩缯；因风附轻翼，以遗心蕴蒸。鸟辞路悠长，羽翼不能胜。意欲从鸟逝，驽马不可乘。"《玉台新咏》卷一徐干《室思》："浮云何洋洋，愿因通我辞。飘飖不可寄，徒倚徒相思"；卷九魏文帝《燕歌行》："郁陶思君未敢言，寄声浮云往不还。"均祖构《九章·思美人》之古制。李白《感兴》之三："裂素持作书，将寄万里怀。……征雁务随阳，又不为我栖"；《敦煌掇琐》一《韩朋赋》："意欲寄书与人，恐人多言，寄书与鸟，鸟恒高飞"：宋祁《景文集》卷一六《感秋》："莫就离鸿寄归思，离鸿身世更悠悠"（参观李商隐《夕阳楼》："欲问孤鸿向何处，不知身世白悠悠"）；姜夔《白石道人诗集》卷上《待千岩》："作笺非无笔，寒雁不肯落。"长短句中倩鸟传书尤成窠臼，如黄庭坚《望江东》："灯前写了书无数，算没个人传与；直饶寻得雁分付，又还是秋将暮"：苏茂一《祝英台近》："归鸿欲到伊行，丁宁须记，写一封书报平安"；刘克庄《忆秦娥》："梅谢了，塞垣冻解鸿归早；鸿归早，凭伊问讯，大梁遗老"；吴文英《鹧鸪天》："吴鸿好为传归信，杨柳间门屋数间。"宋徽宗《燕山亭》："凭寄离恨重重，这双燕何曾会人言语！"；不得作书，只能口嘱，有若岑参《逢入京使》所谓："马上相逢无纸笔，凭君传语报平安"，奈言语不通，则鸟虽"不高飞"，纵"为我栖"，而余怀渺渺，终莫寄将，殊破陈言。

〔增订三〕黄遵宪《海行杂感》第一三首："拍拍群鸥逐我飞，不曾相识各天涯。欲凭鸟语时通讯，又恐华言汝未知！"即此机杼。曰"华言"而不同宋徽宗词之曰"人言"者，盖谓鸟与外国人皆钩舟（车旁）格磔，故言语相通，正顾欢、韩愈所谓"鸟聒"、"鸟言"也（参观 2076-2077 页）。陈耀文《花草粹编》卷八引《古今词话》载无名氏《御街行》："霜风渐紧寒侵被，听孤雁声嘹唳。一声声送一声悲，云淡碧天如水。披衣起，告雁儿略住，听我些儿事：'塔儿南畔城儿里，第三个桥儿外，濒河西岸小红楼，门外梧桐雕砌。请教且与，低声飞过，那里有人人无寐"；呼鸟与语而非倩寄语，"人人无寐"当是相思失眠，却不写书付递以慰藉之，反嘱雁"低声"潜过，免其人闻雁而盼音讯，旧意翻新，更添曲致。陈达叟《菩萨蛮》："举头忽见衡阳雁，千声万字情何限！叵耐薄情夫，一行书也无！泣归香阁恨，和泪掩红粉。待雁却回时，也无书寄伊！"：雁可寄书而未传书来，遂亦不倩其传书去，别下一转语。《阳春白雪》后集卷五蒲察善长《新水令》："……不由我泪盈盈，听长空孤雁声。雁儿我为你暂出门庭，听我叮咛：'自别情人，……相思病即渐成。……一封书与你牢拴定，快疾忙飞过蓼花汀。那人家寝睡长门静，雁儿呀呀叫几声，惊起那人，听说着咱名姓，他自有人相迎。……你与我疾回疾转莫留停。……你必是休辞云淡风力紧，……我这里独守银缸慢慢的等。'"；似取《御街行》拟议变化，酣畅淋漓，在雁为"疾回疾转"而在"我"为"慢慢的等"，相映成趣，妙尽心理。《九章》"因鸟致辞"之意，至此而如附庸蔚为大国矣。《九辩》欲"寄言流星"，后世词章则以云代星，如陶潜《闲情赋》：'托行云以送怀，行云逝而无语"；欧阳修《行云》："行云自亦伤无定，莫就行云托信归"；柳永《卜算子》："纵写得离肠万种，奈归云谁寄。"既可嘱去鸟寄声，自亦得向来鸟问讯，如杜牧《秋浦途中》："为问寒沙新到雁，来时还下杜陵无？"又《赠猎骑》："凭君莫射南来雁，恐有家书寄远人。"刘克庄《后村大全集》卷一七五《诗话》载陈克断句："莫向边鸿问消息，断肠书信不如无！"，复类杜甫《述怀》所谓："反畏消息来，寸心复何有！"南宋偏安，作者纷纷借以寄中原故国之思，如周紫芝《太仓稊米集》卷二〇《白湖闻雁》、吴龙翰《古梅吟稿》卷二《登金陵钟山绝顶》等，寻常见惯而利钝不等焉。

钱钟书论《远游》之"哀人生之长勤"

《管锥编——楚辞洪兴祖补注》第十三则之一

《管锥编——楚辞洪兴祖补注》第十三则共论述了五个问题，此为第一个问题："哀人生之长勤"。

钱钟书此则此节向我们讲述屈原《远游》诗在"惟天地之无穷兮"之后，转接"哀人生之长勤"，出人意外和高妙，兼述"萧条异代之怅"。

【转接句"哀人生之长勤"——意外而高妙】

钱钟书先从诗话谈起：

按宋人诗话、笔记等记杜诗"身轻一鸟过"，一本缺"过"字，"白鸥波浩荡"，一本蚀"波"字，"林花著雨燕支湿"，题壁而"湿"字已漫漶，人各以意补之，及睹完本足文，皆爽然自失。

"身轻一鸟过"，缺"过"字，"白鸥波浩荡"，蚀"波"字，皆以为可补，数人试补，及看到原本，皆自叹弗如也。说明原诗高妙，出人意外也。

由此转入正题，谈"哀人生之长勤"亦复如此：

如《远游》"惟天地"云云两语，倘第二句末二字蠹蚀漫灭，补之者当谓是"不永"或"有尽"之类，以紧承上句之"无穷"。屈子则异撰。不言短而反言"长"，已出意外；然"长"者非生命而为勤苦，一若命短不在言下者；又命既短而勤却长，盖视天地则人生甚促，而就人论，生有限而身有待，形役心劳，仔肩难息，无时不在勤苦之中，自有长夜漫漫、长途仆仆之感，语含正反而观兼主客焉。

盖前言天地之悠久，若接言为人生之短促，是合常理、合逻辑的思维。如果"惟天地之无穷，哀人生之长勤"后二字阙如，增补者大概会添上"不永"

或"有尽"之类。

其实不然。

屈原在"惟天地之无穷"句之后忽然用笔"异撰"，不言短，反言长，说"哀人生之长勤"。这里未说人生短，人生短暂，在人生岁月和天地悠久之比较中不言自明。屈原的表达更进一层，人生如此短暂，已很悲哀也，而短暂之人生又不得不陷入"长勤"之中不能自拔，岂不更加悲哀吗？其语蕴藉而"出人意外"！

人生从呱呱坠地至终老，惟学前匆匆时光无忧虑，尔后求学、求职、求爱、求生存求发展，克服种种逆境和不顺，一直处于"勤苦"、挣扎、奋进之中，忙忙碌碌弹指间老之将至，"命即短而勤却长"，这是一切众生千年不变之命运，千年不变之慨叹也！

和天地悠悠相比，不仅哀人生短暂，而且哀在这寥寥无几的岁月中还要那么辛苦地应付生计、以及为虚荣、虚名及证明自己所做的种种努力，以及日常绕不开的种种琐事。给自己留下的惬意人生复剩几何？"哀人生之长勤"！

屈子之诗就是这样出人意外且高妙绝伦。

钱钟书于此二句深会于心，故拈出激赏而推荐之！

天地转，光阴迫，一万年太久，只争朝夕。这是伟人毛泽东的名言，也是所有志士、学者的共识！

【萧条异代之怅】

"惟天地之无穷兮，哀人生之长勤"下一句是"往者余弗及，来者吾不闻。"盖屈原志远才高，才高如昭日月，志远经行天地，一枝独秀，遗世独立，孤芳盖世无赏，奇冤举国不知，更无同类相携，因此，嗟叹自己命短，当代无人陪伴，更无人雅赏，自己的悲惨遭遇和凄凉心境亦无人能会，此种孤独感比死亡更令人叹惋，故谓之"萧条异代之怅"。

"往者余弗及"谓古人之命皆短，"来者吾不闻"谓"吾"之命亦短，均与"天地无穷"反衬。始终不明道人命之短，而隐示人生之"哀"尚有大于命短者，余味曲包，少许胜多。

不明说人生短暂，却强调还有比人生苦短更加悲催的事，是杰出如屈原具备经天纬地之才，举世无双，可相媲美者，均不能于当世相见。不言人生短暂，而人生苦短之情更加深炽。

发此慨叹者不乏其人：

1. 东方朔云："往者不可及兮，来者不可待"；

2. 严忌云："往者不可攀援兮，来者不可与期"；

3. 王文公《历山赋》云："曷而亡兮我之思，今孰继兮我之悲！呜呼已矣兮，来者为谁！"

4. 柳子厚诗："谁为后来者？当与此心期"

5.《庄子·人间世》楚狂接舆歌："来世不可待，往世不可追"；

等等……

最著名的是陈子昂《登幽州台歌》：

"前不见古人，后不见来者，念天地之悠悠，独怆然而涕下！"抒写此情最佳，历来传诵。

钱钟书说，历史上颇有屈原知音，均非同代之人，然异代俊杰虽有，亦"前瞻不见，后顾无睹，吊影孤危，百端交集，……"感慨系之也！

附录：《管锥编——楚辞洪兴祖补注》第十三则之一

《远游》（一）哀人生之长勤

"惟天地之无穷兮，哀人生之长勤；往者余弗及兮，来者吾不闻"；《补注》："此原忧世之词，唐李翱用其语作《拜禹言》。"按宋人诗话、笔记等记杜诗"身轻一鸟过"，一本缺"过"字，"白鸥波浩荡"，一本蚀"波"字，"林花著雨燕支湿"，题壁而"湿"字已漫漶，人各以意补之，及睹完本足文，皆爽然自失。苏轼《谢鲜于子骏》："如观老杜飞鸟句，脱字欲补知无缘"；陈师道《寄侍读苏尚书》："遥知丹地开黄卷，解记清波没白鸥"；盖当时已成典故，供诗人运使矣。即其事未必尽实，亦颇足采为赏析之助。取名章佳什，贴其句眼而试下一字，掩其关捩而试续一句，皆如代大匠斫而争出手也。当有自喜暗合者，或有自信突过者，要以自愧不如者居多。藉习作以为评鉴，亦体会此中甘苦之一法也。如《远游》"惟天地"云云两语，倘第二句末二字蠹蚀漫灭，补之者当谓是"不永"或"有尽"之类，以紧承上句之"无穷"。屈子则异撰。不言短而反言"长"，已出意外；然"长"者非生命而为勤苦，一若命短不在言下者；又命既短而勤却长，盖视天地则人生甚促，而就人论，生有限而身有待，形役心劳，仔肩难息，无时不在勤苦之中，自有长夜漫漫、长途仆仆之感，语含正反而观兼主客焉。"往者余弗及"谓古人之命皆短，"来者吾不闻"谓"吾"之命亦短，均与"天地无穷"反衬。始终不明道人命之短，而隐示人生之"哀"尚有大于命短者，余味曲包，少许胜多。《补注》在前二句下，实则李翱《拜禹歌》并取下二句，只加"已而！已而！"四字，殆春秋时"赋诗"之遗意欤（参观《左传》卷论襄公二十八年）。宋无名氏《爱日斋丛钞》卷三："林肃翁序乐轩《诗笺》，末云：'师学之传，岂直以诗？诗又不传，学则谁知！后千年无人，已而已而！后千年有人，留以待之。'是摹拟舒元舆《玉篆铭》，感今怀古，此意多矣。东方朔云：'往者不可及兮，来者不可待'；严忌云：'往者不可攀援兮，来者不可与期'；王文公《历山赋》云：'曷而亡兮我之思，今孰继兮我之悲！呜呼己矣兮，来者为谁！不若柳子厚诗：'谁为后来者？当与此心期'，犹可以启来世无穷之思，否则夫子何以谓'焉知来者之不如今也？'"。《诗笺》未之睹，林希逸序中语亦见刘埙《隐居通议》卷一引；舒元舆《玉筋篆志》即见《全唐文》卷七二七，欧阳修《集古录跋尾》卷八《唐滑州新驿记》篇亦引其文拓本，字句小异，而云"不知作者为谁"；东方朔语出《七谏》；严忌语出《哀时命》，冯衍《显志赋》全袭之；柳宗元句出《南硐中题》。《丛钞》不引《远游》、《庄子·人间世》、楚狂接舆歌："来世不可待，往世不可追"，及《尉缭子·治本》："往世不可及，来世不可待，求己者也"，不无遗珠之恨。陈子昂《登幽州台歌》："前不见古人，后不见来者，念天地之悠悠，独怆然而涕下！"抒写此情最佳，历来传诵，尤如交臂失之。赵秉文《滏水文集》卷一一《党公神道碑》铭词亦仿舒元舆，则作者不得见矣。援孔子及柳宗元以驳苍茫独立之叹，自是正论；尉缭子空诸依傍，亦为壮语。然前瞻不见，后顾无睹，吊影孤危，百端交集，齐心同慨，不乏其人。西方浪漫诗人每悲一世界或世纪已死而另一世界或世纪未生，不间不架，著己渺躬而罹此幽忧。使得闻屈原、陈子昂辈之自伤，或亦会心不远，有萧条异代之怅乎？

钱钟书论《远游》之"美登仙"

《管锥编——楚辞洪兴祖补注》第十三则之二

《管锥编——楚辞洪兴祖补注》第十三则共论述了五个问题,此为第二个问题:美登仙。

钱钟书此则第二节论述屈原"美登仙",兼论"问"之多方。

【屈原美"登仙"】

"闻赤松之清尘兮,顾承风乎遗则。……美往世之登仙,……羡韩众之得一";《注》:"思奉长生之法式也";《补注》引《列仙传》载赤松子"服水玉"及韩终"采药""自服"事。

"登仙"即成仙、即长生不老,此炼丹修道者之所求也。美者,美化、赞美、向往之谓也。

赤松子又名赤诵子,学五千文,号南极南岳真人左仙太虚真人,相传服食水玉而成仙,被称为"华夏第一仙人"。《列仙传》开篇第一位即是赤松子。

关于赤松子服水玉,记载多有不同。《山海经·南山经》注中说赤松子所服食的水玉是水精(水晶),《搜神记》则称是冰玉散,葛洪《抱朴子》又说赤松子服食的是神丹,并有赤松子丹法传世。《神仙传》中则称赤松子服的是松腊茯苓。

韩终乃齐地方士,曾为秦始皇求药而自服,遂成仙。洪兴祖补注引刘向《列仙传》曰:"齐人韩终,为王采药,王不肯服,终自服之,遂得仙也"。

屈原对求仙之道有疑问:

按《天问》:"白蜺婴茀,胡为此堂?安得夫良药,不能固藏?……大鸟何鸣?夫焉丧厥躯?"

《注》、《补注》皆言指崔文子学仙于王子乔事，见《列仙传》佚文者（今本《搜神记》卷一亦载之）。则《远游》下文之"吾将从王乔而娱戏"，又"见王子而宿之兮"，正即此持药化鸟之人。

王逸《注》、洪兴祖《补注》说《天问》这三句提问诗"皆言指崔文子学仙于王子乔事"

关于崔文子学仙于王子乔事，东晋文学家干宝《崔文子学仙》有记载：

崔文子者，泰山人也。学仙于王子乔。子乔化为白霓①，而持药与文子。文子惊怪，引戈击霓，中之，因堕其药。俯而视之，王子乔之履也。置之室中，覆以敝筐。须臾②，化为大鸟。开而视之，翻然飞去。

据此，将《天问》"白蜺婴茀，胡为此堂？安得夫良药，不能固藏？……大鸟何鸣？夫焉丧厥躯？"试译如下：

1. 白蜺婴茀，胡为此堂？

王子乔身披白霓，为何打扮得这样堂皇？（白蜺（ní）婴茀（fú）：蜺，同"霓"。婴，缠绕。茀，曲）

2. 安得夫良药，不能固藏？

王子乔从何处得到这不死灵药，得到了又为何不好好地保藏？（臧：藏）

3. 大鸟何鸣，夫焉丧厥体？

（王子乔被射化为大鸟）大鸟的鸣声如此嘹亮，王子乔何曾命丧？

钱钟书说：

合三节而观之，《天问》"安得良药？""焉丧厥躯？"之非辟求仙而讥方术，断可识矣。

钱钟书由此判定，屈原"安得良药？""焉丧厥躯？"并非驳斥求仙，也并非讥笑方术，其赞美"登仙"之旨是清晰可辨的。钱钟书由《远游》想到《天问》，相互印证，足见其求证方法是由此及彼，贯通融合的。

我以为，屈原未必信仙，只是当时楚国现实太黑暗，他走投无路，愤懑绝望，于是，借求仙之道来做思想寄托与精神慰藉罢了！

【"问"之多方】

钱钟书讨论了《天问》有关崔文子和王子乔学仙之三问之后，紧接着论述了"问"之多方，即"问"句并非有疑才问，它有各种不同意图和作用。

钱钟书指出：

  盖疑事之无而驳诘,"问"也;信事之有而追究,亦"问"也;自知或人亦知事之有无而虚质佯询,又"问"也。不识而问,不解而问,不信而问,明知而尚故问,问固多方矣,岂得见"问"而通视为献疑辩难哉?

  ——对某事的存在表示怀疑,可设问;相信某事存在并追究其根据或原因,也可设问;自己和他人皆知事实之有无依然质询,意在强调和提醒,又可设问。有不知情况而发问,有知情却不知因而发问,有不相信事情竟然那样而发问,有明知事实情况而故意发问,设问的意图和作用是多方面的,有的为追寻事实真相,有的为追寻事情背后的原因,有的是明知故问以提醒关注,并非有疑难求解决才发问。

  蒋骥《楚辞余论》卷上云:"《天问》有塞语,有谩语,有隐语,有浅语;塞语则不能对,谩语则不必对,隐语则无可对,浅语则无俟对。"名目未必尽惬,然亦知言之选也。

  所谓塞语,即无解之语;谩语,即随便之语;隐语,即隐晦之语;浅语,即无深意之语。此类问语,或不能对,或不必对,或无可对,或无俟对(并不等待回答)。

  钱钟书实际上对《天问》抱有相似的看法,他以为,蒋骥的话虽然并不完全准确,但确实是众多评论中的中肯之言。

  克尔恺郭尔谓发问有两类,一者思辨之问,二者谲讽之问。知事理之有,而穷源竟委,故问;知事理之无,而发覆破迷,故亦问。前者欲稽求实是,后者欲揭示虚妄。

  概而言之,发问意图和作用不止一端,但概括起来不外两类,一类是事理存在,发问以探寻其原委和根据,在实事的基础上求是;另一类是并无其事,发问乃揭示其虚妄,破除因循陈见和盲目迷信。

附录:《管锥编——楚辞洪兴祖补注》第十三则之二

《远游》(二)美登仙

  "闻赤松之清尘兮,顾承风乎遗则。……美往世之登仙,……羡韩众之得一";《注》:"思奉长生之法式也";《补注》引《列仙传》载赤松子"服水玉"及韩终"采药""自服"事。按《天问》:"白蜺婴茀,胡为此堂?安得夫良药,不能固藏?……大鸟何鸣?夫焉丧厥躯?"《注》、《补注》皆言指崔文子学仙于王子乔事，见《列仙传》佚文者（今本《搜神记》卷一亦载之）。则《远游》下文之"吾将从王乔而娱戏"，又"见王子而宿之兮"，正即此持药化鸟之人。合三节而观之，《天问》"安得良药？"焉丧厥躯？"之非辟求仙而讥方术，断可识矣。盖疑事之无而驳诘，"问"也：信事之有而追究，亦"问"也；自知或人亦知事之有无而虚质佯询（erotesis），又"问"也。不识而问，不解而问，不信而问，明知而尚故问，问固多方矣，岂得见"问"而通视为献疑辩难哉？蒋骥《楚辞余论》卷上云："《天问》有塞语，有谩语，有隐语，有浅语；塞语则不能对，谩语则不必对，隐语则无可对，浅语则无俟对。"名目未必尽惬，然亦知言之选也。

〔增订四〕克尔恺郭尔谓发问有两类，一者思辨之问，二者谲讽之问。知事理之有，而穷源竟委，故问；知事理之无，而发覆破迷，故亦问。前者欲稽求实是，后者欲揭示虚妄。苏格拉底问人，多属后类（One may ask a question for the purpose of obtaining an answer containing the desired content, so that the more one question, the deeper and more meaningfull becomes the answer; or one may ask a question……to cuck out the apparent content with a question and leave only an emptiness remaining. The first method naturally presupposes a content, the second an emptiness: the first is speculative, the second the ironic.）。屈子示必尽知所问之"无可对"而故问也，柳子厚或复强以为知而率对焉。盖《天对》使《天问》不意辄成"谲讽"，犹祖父赖子孙而得封赠矣！

钱钟书论《远游》之"餐六气"

《管锥编——楚辞洪兴祖补注》第十三则之三

　　《管锥编——楚辞洪兴祖补注》第十三则共论述了五个问题,此为第三个问题:餐六气。

　　"漠虚静以恬愉兮,澹无为而自得";《注》:"涤除嗜欲,获道实也。"按此老、庄道家语也。下文:"餐六气而饮沆瀣兮,漱正阳而含朝霞"。

　　对"餐六气",王逸《注》:

　　"远弃五谷,吸道滋也;餐吞日精,食元符也。"则又燕齐方士语也,即司马相如《大人赋》所谓"呼吸沆瀣兮餐朝霞",或《真诰·稽神枢》之三所载微子"服雾法"。

　　"远弃五谷",就是避谷,写作"辟谷",或称却谷、去谷、绝谷、绝粒、休粮,即避食五谷杂粮。"吸道滋",就是食气,吸食天地日月之精气。辟谷、食气两者关系相连,在避谷、食气前,须先学吐纳导引之术,方能炼气致和;食气需依吐纳之法。避谷的目的,是求仙,其法是先吃辟谷药丸,再行断谷。再行食气,以求长生。道士认为"食气者寿而不死"。

　　"餐六气",据道经《陵阳子明经》所说,乃是指朝霞(东方,日始出之赤黄气)、沦阴(西方,日没之赤黄气)、沆瀣(北方,夜半气)、正阳(南方,日中之气)、天玄之气(上方)、地黄之气(下方),概言之:

　　"餐六气"就是在特定时段面向东西南北上下六方吸食天地日月之精华。

　　对道家"长生不死"这一套,庄子和屈原的信仰判然不一:

　　《庄子·刻意》不屑于"彭祖寿考"者之"道引"、"养形"、"为寿而已",而《天问》则叹慕之:"彭铿斟雉帝何飨?受寿永多夫何长!"庄子言"圣人"

之"死也物化"、"死若休"，而屈原欲求羽化不死。

庄子讲"死也物化"、"死若休"，屈原却渴慕"羽化不死"。

实际上，不食五谷，以"餐六气"而代之终究是行不通的。人是铁饭是钢，三餐不吃饿得慌。于是，道士们自我圆场，重新解释吸食日月精华。

"道滋"难饱，而道士口馋。《抱朴子》内篇《杂应》早言辟谷以求"肠中清"之难："行气者，一家之偏说，不可便孤用。"后来黄冠遂多作张智，如《云笈七谶（竹头）》卷二三说学道者当"服日月之精华"云："常食竹笋，日华之胎也，又欲常食鸿脯，月胎之羽鸟也。"令人绝倒，正"餐六气"、"吞日精"之势所必至耳。

不食五谷，转食"竹笋"（日华之胎）、"鸿脯"（月华之胎），玩文字游戏、偷换概念以满足食欲也。更有甚者，道士们为满足口腹之欲，巧立名目，偷梁换柱，把食谱由飞禽扩大到走兽：

《酉阳杂俎》续集卷八记李德裕述"道书中言，麇（底为章）鹿无魂，故可食"；《清异录》卷二："道家流书言麇（底为章）鹿麑是'玉署三牲'，神仙所享，故奉道者不忌"；《埤雅》卷三《麕》条亦引"道书"曰："麇（底为章）鹿无魂。"盖由飞禽而及走兽，搜入食谱。厄言日出，巧觅借口，清虚不纳烟火之士为口而忙，有如此者！

道士们声称"麋鹿无魂"可食，此说法既维护不食人间烟火的假象，又大饱了口福，十足伪君子做派，钱钟书的讽刺十分辛辣！

"麋鹿无魂"可食？照此逻辑，自然万物，除人而外，何有魂（指意识、精神）哉，则荤素一切可食之物何不可食呢？！

事实证明，道教"餐六气"、辟谷等不食人间烟火以达长生不死的所有作法和企图都是可笑的。

道家主张生死由天、随形物化，道教却孜孜追求长生不死，道家和道教本质之不同，由此可见一斑。

附录：《管锥编——楚辞洪兴祖补注》第十三则之三

《远游》（三）餐六气

"漠虚静以恬愉兮，澹无为而自得"：《注》："涤除嗜欲，获道实也。"按此老、庄道家语也。下文："餐六气而饮沆瀣兮，漱正阳而含朝霞"：《注》："远弃五谷，吸道滋也；餐吞日精，食元符也。"则又燕齐方士语也，即司马相如《大人赋》所谓"呼吸沆瀣兮餐朝霞"，或《真诰·稽神枢》之三所载微子"服雾法"。《庄子·刻意》不屑于"彭祖寿考"者之"道引"、"养形"、"为寿而已"，而《天问》则叹慕之："彭铿斟雉帝何飨？受寿永多夫何长！"庄子言"圣人"之"死也物化"、"死若休"，而屈原欲求羽化不死。盖术之于道在先秦已如移花接木矣。参观《老子》卷论第一三章。"道滋"难饱，而道士口馋。《抱朴子》内篇《杂应》早言辟谷以求"肠中清"之难："行气者，一家之偏说，不可便孤用。"后来黄冠遂多作张智，如《云笈七谶（竹头）》卷二三说学道者当"服日月之精华"云："常食竹笋，日华之胎也，又欲常食鸿脯，月胎之羽鸟也。"令人绝倒，正"餐六气"、"吞日精"之势所必至耳。《酉阳杂俎》卷八记李德裕述"道书中言，麋（底为章）鹿无魂，故可食"；《清异录》卷二："道家流书言麋（底为章）鹿麂是'玉署三牲'，神仙所享，故奉道者不忌"；《埤雅》卷三《麕》条亦引"道书"曰："麋（底为章）鹿无魂。"盖由飞禽而及走兽，搜入食谱。厄言日出，巧觅借口，清虚不纳烟火之士为口而忙，有如此者！

〔增订二〕《高僧传》二集卷三〇《智炫传》言道士上章醮请，"必须鹿脯百半（木旁）"